丹崖清韵

·赵大良 著·

阔步前行三尺三
抬头望去路盘旋
边玩边走风光好
亦幻亦真山水间

作家出版社

序：丹崖清韵出本色

刘炜评

赵大良君诗集《丹崖清韵》即将付梓，电话嘱我作序，我未加思索就满口应承了。结识大良兄不过四年，平时见面也无多，但在我心里，是视他为好友的。我敢肯定，他心里也这么想。所以这个序，即使写不好，我也乐意写。

2012年3月，我从西北大学文学院调到本校学报编辑部工作。此后半年间，与省内高校学报界的同人陆续相熟。大良兄是西安交通大学学术期刊中心的负责人，从事期刊编辑工作已近二十年，在全国和省内两级学报研究会担任着副理事长。宝鸡会议上，我第一次知道他也喜欢写作旧体诗词，颇感惊喜，因为在陕西高校期刊界，当下务弄诗词者，除了大名鼎鼎的月人先生，大概就只有他和我了。

我学汉语言文学，教中国古代文学，能写点儿诗词，是很自然的事。而他是工科出身，多年的职业和诗词基本无缘。今人写旧体诗词，被认为是“不打粮食”的事——和职务、职称、考评、发财等的“好事”，一概不搭界。因此毫无疑问，大良兄写作诗词，纯然出于个人趣好。

不久之后，大良兄送我一本自印诗集《丹崖清韵》。再后来，借了微信之便，我们可以经常读到对方的新作，偶尔也有唱和。他总是说："我的诗词，不能和你的相比。你是专业诗人，我是业余票友。"其实我也够不上专业诗人，只是旧体诗写得多些而已。

从写作时间来看，大良兄写作旧体诗词至少已有十五年之久。现在这本诗集，是大良兄对自己诗作的一个阶段性盘点。

下面谈点儿读后感，未必能说到点子上。

一是量质并重，诗情飞扬。

纵观稿本，洋洋千篇，包含律诗、绝句、古风、白话诗等，可谓诸体皆备。大良兄诗思旺盛，兴之所至，情溢笔端，常有一日数篇之多产。大凡目之所见、耳之所闻、心之所触，皆能发为韵语，付诸歌咏。他不仅诗作高产，而且时有佳句跃出。仅以对仗句而言，就已经颇多琳琅了。如"疏枝摇朗月，嫩绿缀珠帘"（《落日映月》），"登高临胜地，极目向天边"（《雨后游乐游原》），"风和日丽樱花好，水碧天蓝柳絮绵"（《校园咏牡丹》），"苍山洱海松风劲，怒水边陲遗迹荒"（《赴施甸前与领导餐叙》），"骤雨忽来常趁夜，霞光灿烂偶随缘"（《东山观日落》），"细品茗茶独看景，闲邀明月半悬空"（《雨夜闲吟》），"山峦静谧极空远，稻水清灵绕岭流"（《夜宿西山》）等等，皆可谓精巧佳对，遣词炼字功夫可见一斑。

二是情真意切，本色天然。

《毛诗序》云："诗者，志之所之也。在心为志，发言为诗。"强调诗之为诗，首重兴发感动，信哉斯言！自诗骚以至于今，一切好诗，莫不如是。大良兄是深谙诗道的，其诗情发于衷，语语天成。读"青苔古木听流水，草甸牛羊伴牧歌"（《四大山游记》），"夜露依稀犹带泪，朝阳婉转似含情"（《赏打碗花闲吟》），可知诗人对自然山水和天籁之音的心驰神往；读“国运昌隆行大道，民心向善效贤良”（《辞旧迎新贺新春》），“百姓无求求正义，人心有望望公平”（《路边与尹家小张慢饮》），可知诗人对大道回归的殷勤期望和对公序良俗的热切呼求；读“交通天地开民智，创业西京筑玉宸”（《校庆感怀》），可知诗人对事业的勤勉追求；读“人生路远当砥砺，世事艰辛莫忘真”（《贺杨公子成年》），可见诗人对青年后生的殷切关怀和真诚诫勉。诸如此类发自内心、恳切感人的诗句，在大良兄的笔下俯拾即是，原因无他，由乎诗人不失赤子之心也。正如他在一首诗中所写的那样：“乱度残云遮陌路，彩虹一抹唤童心。”（《健步遇太阳雨》）无论纷纭世事如何风雨无常，茫茫世路如何艰辛坎坷，只要童心永在，面向阳光，总会看到希望。

三是思悟万象，诗多理趣。

明人谢榛认为：“诗有四格：曰兴、曰趣、曰意、曰理。”（《四溟诗话》）清人沈德潜强调：“诗不能离理，然贵有理趣，不贵有理语。”（《清诗别裁集》凡例）今人钱钟书先生对“理趣”的解释极为精到：“若夫理趣，则理寓物中，物包理内，物秉理成，理因物显。”（《谈艺录》）征诸古今涉理歌诗佳作，大抵如此。简而言之，诗固是主情的文体，却也可以涉理，要在有滋有味，不隔不涩，故谓之“理趣”。大良兄的各体诗作中，也屡多理趣腾挪之句。诗人时常由摄入诗中的人、事、景、物中生发出种种体悟来，而且随着诗艺日渐熟稔，对体悟的表达愈趋圆融通彻，可谓人生又一番造化与收获。“青春有梦终无悔，笑看风云变幻中”（《赠张家兄妹》），“半世无为求静好，一生有伴脱俗烦”（《寄语双面笑佛》），“闲来静看窗前雨，忙里当思身后缘”（《忙后思》），“人生档案谁人写，世事无常亦有常”（《老来负重》），

“人生莫叹夕阳晚，万物复苏又是春”（《桦林秋韵》）。这样的诗句看似平常，却得来不易，蕴蓄于字里行间的，既有积极入世的儒家精神，又有从容豁达的道家思致，还往往有现代辩证法的理性在焉。我因与大良兄有着相似的“日做身边事，夜读山海经”（《生死随感》）的工作环境和读写经验，所以读他的这一类作品，颇多会意与共鸣。

作为一个业余的旧体诗词作者，大良兄的作品在取材、运思、寄意、表情等方面都已经达到了较高的水准，这是毋庸置疑的。但由于生逢传统文化备遭冷落、贬抑的时代，我们这一代人的国学“童子功”普遍不足，大良兄自然也不能逃局。尽管改革开放以后，我们都努力从多方面补课、充电，然而早年的不足得到根本改观，终究是很不容易的事。对此我有深切体会，想必大良兄亦如是。表现在他的诗作中，主要便是诗词格律的不尽娴熟和诗语功底的有所欠缺。另外，一些顺口溜式作品的收入，无疑对这部诗集的整体品位有所减损。但我相信，以大良兄的勤奋和悟性，定能在诗艺上不断提升飞行高度，渐臻裕如、朴茂、高华之佳境。俟乎异日“悦读”其更多奇情壮采、俊逸老成之篇，是我满心的期待。

是为序。

2016年11月15日

刘炜评，本名刘卫平，字允之，号半通斋，陕西商洛人。现为《西北大学学报》哲社版主编、编审，西北大学文学院教授，兼任陕西省文艺评论家协会副主席、陕西省诗词学会副会长等。

初冬无题

冷雨长安已入冬，何来雁字与秋风？
斑斓树叶知霜意，寂静黄昏待月明。

2016年11月6日

无 题

古寺房前树，门旁劲猷书。
人间人有信，世上事无孤。

2016年11月4日

镜湖小憩等车

墨柳依依绿水平，交流探索路匆匆。
行囊带上随车去，校史传播再取经。

2016年11月4日

档案闲思

档案无声意蕴深，官藏历史贵全真。
接收保管为基础，利用开发慎创新。
对错无关传后世，辛勤做好守门人。
传播咨政当学者，莫要迷失忘本心。

2016年11月3日

西南交大参加档案会

静默无声胜有声，风清史正耀苍穹。
西南胞校头一站，开启新职度此生。

2016年11月2日

校园无题

雨后晨曦照校园，经霜翠柏静无言。
西风落叶知秋尽，蔽日新枝待阅年。

2016年10月29日

初冬闲吟

西风细雨倍苍凉，更有情思伴叶黄。
莫怨初冬天已冷，人生末路近天堂。

2016年10月28日

恭喜梦杰

恭谦才子俏新娘，喜鹊登枝献瑞祥。
梦语三分君莫笑，杰姿四季傲群芳。

2016年10月26日

老树叶黄随感

老树初黄夜渐凉，青枝屹立沐朝阳。
人生在世闲情少，草木枯荣叶落伤。

2016年10月18日

履新随感

最爱长安菊月天，秋高气爽望南山。
虽怜落叶疏寒树，愿借霜红祭驰年。

2016年10月13日

重阳情寄乌邑

秋兴遇雨未登高，落叶随风默默飘。
城里云楼遮望眼，乡间伙伴可逍遥？
桐溪水阔松林静，石鼓山明草木萧。
犹记去年初到后，杀猪敬老乐陶陶。

2016年10月9日

国庆闲思

秋风送爽又一年，国庆阳台慢品烟。
昨日公开新岗位，未来可有旧时闲。
青山万里寻安处，城里车多扰午眠。
浊酒自斟三两口，诗情偶寄六七言。

2016年10月1日

无题闲思

有限人生岁月催，离合聚散感伤悲。
当惜酒兴风花夜，莫著闲情说是非。

2016年9月28日

和卫平夜读《李杜》

家宅万卷续读诗，秋雨窗前润物滋。
黄叶与人相伴老，豪情偶寄似无知。
人生千古成追忆，世态炎凉梦醒时。
唯有半通通野史，秋风秋夜遣情思。

2016年9月27日

老来负重

中秋雨后渐天凉，举目推窗见叶黄。
岁月无多担重任，心思细腻拒繁忙。
人生档案谁人写，世事无常亦有常。
搭建平台学借力，扶持后辈创辉煌。

2016年9月21日

聚会逢生日有感

丙申辛丑几十年？岁月匆匆转瞬间。
多少情仇皆过往，偶得名利亦似烟。
秋逢细雨天凉早，暮起霓虹夜静安。
昔日同窗闲备酒，举杯慢品话桑田。

2016年9月20日

秋日校园闲吟

月影西斜淡挂枝，清风旭日入荷池。
腾飞塔下偷闲坐，杨柳丝间偶赋诗。

2016年9月17日

中秋闲吟

月挂苍穹照九州，青山绿水蕴清幽。
高楼阻目方离远，丹桂飘香已入秋。

2016年9月15日

浣溪沙·中秋寄情

陌野中秋可月明，风云变幻瞬时晴，曾经夜半望繁星。

云岭路遥闲借酒，秦川雾重静无声，香酥小饼总关情。

2016年9月15日

戏谈校徽月饼

京师月饼圆，可以挂胸前。
自此何愁饭，低头便解馋。

2016年9月14日

秋日无题

贪欲得来皆是债，随缘结下莫强求。
高山涧谷风吹动，碧野清溪水自流。
万木经霜霜叶艳，千帆竞渡渡头幽。
人生苦短无需怨，旭日朝霞又照楼。

2016年9月11日

踏莎行·悼运伟

惊悉同学张运伟于4日出差途中突发心梗谢世，填词悼之！

噩耗惊闻，哀失运伟，秋风落叶心如碎。阴霾笼罩恨苍天，英年早逝声声泪。

常忆长安，豪情似醉，离别路远难相会。而今撒手弃同窗，天堂但愿无烦累。

2016年9月6日

蓬莱逍遥谷

——记马家沟生态旅游度假区

朗月清风陌野间，仙居彩岭果蔬鲜。
竹林碧水潺潺过，药浴温泉静静眠。
野战滑翔欢乐谷，亭台楼阁美食缘。
民俗农事兴博览，异树奇花植物园。

2016年8月28日

回乡寄情

乡村别后又重逢，杂草丛生陌路生。
碧海蓝天帆影静，秋高气爽月牙明。
时鲜海味乡情盛，美酒童心笑语盈。
院落空空亲不在，青烟一缕祭亡灵。

2016年8月27日

悼金德年

悼楚呜咽四海平，金秋落叶静随风。
德修艺进清浊世，年谊岁寒寄后生。

2016年8月24日

禅思佛语

（一）

别处传来尽是空，菩提树下沐清风。
人间万事皆言苦，我用禅心感悟中。

（二）

万事常言尽是空，因缘不在此言中？
七情六欲皆为苦，天道从来只好生？

2016年8月20日

福字闲思

福字拆开并不繁，衣食饱暖靠耕田。
春来早起深翻土，日落迟归慢品闲。

2016年8月15日

生日闲吟

半月高悬暮色残，平平淡淡又一天。
秋风趁夜来驱暑，落日依山去度闲。
岁路匆匆双五过，心田默默两三言。
人生莫叹桑榆晚，活好今天胜似年。

2016年8月11日

七夕闲吟

人生不羡仙，幸福在身边。
日夜常相守，功名过眼烟。

2016年8月9日

七夕寄朋友

巴山夜雨无？莫要不思蜀！
渭水初秋后，关中晓月孤。

2016年8月9日

装修闲记

假日无聊做役差，忙忙碌碌饰新宅。
空间水电全得懂，采购协调自己来。
物业通知家里等，工头希望水阀开。
奔波跑路十千步，无奈吟诗闲诉哀。

2016年8月8日

应约闲聊滇西

风吹雨欲来，携友上高台。
空做滇西梦，闲谈乌邑宅。
行思山水美，静待野花开。
热血青春志，私怜亦可哀。

2016年8月2日

题明梧杜仲

肾虚体弱面容憔，富逸引来血项高。
遍访名医无妙药，偶结杜仲有奇疗。
花蕊绿叶当茶饮，苞粉籽脂胜药膏。
碧树浑身都是宝，清腑护脏病魔消。

2016年7月31日

美丽乡村赞

马卸牛归日落偏，家门半掩起炊烟。
沟沟坎坎披新绿，旅旅悠悠可益年。
游乐随心听笑语，度身定制任狂欢。
假如华夏皆同此，区宇一清指日间。

2016年7月29日

进京归途随感

朋友约餐西苑虾，闲谈刊界业无涯。
争名逐利谁能少，项目资源助创佳。
窄巷深深平日事，京城未必尽繁华。
人生努力不言老，世事随缘莫怨他。

2016年7月29日

归来闲吟

日照东亭竹色新，通幽曲径绕花荫。
空空校舍层层绿，淡淡人心默默沉。
开会传达添动力，讲评指点定乾坤。
功名利禄非难事，自我提升最走心。

2016年7月27日

又出发

树蔽骄阳绿掩花，进京公干又出发。
久别老友求安好，约见新朋可有暇？

2016年7月28日

福报盈门

酷暑无踪景色新，蓝天净洗为迎人。
滇西雨去天晴好，渭水风来夜梦深。

2016年7月26日

赴宴误航班

盛情无奈误航班，慢品红茶斗嘴玩。
酒水餐食情满满，清风细雨意绵绵。

2016年7月25日

告别施甸经停保山

旭日东升照保山，高楼林立映层峦。
挥别乡野一杯酒，遥望村居两茫然。
坝上云飞人未老，西山落日水生烟。
乡音缭绕犹萦耳，此去不知何日还。

2016年7月25日

李光明赠大良兄

进村入户访民情，敬老扶儒助学童。
统筹规划求发展，足迹留遍乌邑中。
桐溪岸边石鼓响，古道岳庙营盘风。
人走名留景犹在，村民翘首盼重逢。

2016年7月24日

凯频留念

凯歌高奏踏归程，频向滇西掩泪容。
留取丹心情谊在，念思不断待重逢。

2016年7月24日

告别施甸乌邑

淫雨霏霏夏似秋，三更夜半冷飕飕。
滇西小住行期满，难道天公欲挽留？

2016年7月24日

和文艺青年

长夜漫漫，
雨打芭蕉蕉叶颤，
伊人辗转叹。
半掩诗书，
情思淡淡。
饥肠滚滚，
温水泡汤面。

2016年7月23日

工作闲谈

平时汇报莫谈难，开拓创新勇向前。
任务担当别解释，执行过程要勤言。

2016年7月23日

乌邑愿景

绿掩乡村雾笼山，桐溪碧水映蓝天。
青莲摇曳荷花艳，白鹭翱翔乳燕闲。
石鼓林间通步道，营盘岭下泡温泉。
东行潜入桃花谷，南去漫游植物园。

2016年7月23日

甸阳饯行宴记

甸阳寄住整一年，早起暮归互道安。
常送夕阳成美梦，偶来夜雨伴孤眠。
闲谈树下同分享，奋战乡村共并肩。
相聚匆匆金布朗，情牵默默待机缘。

2016年7月22日

记组织西山饯行

归期临近静无声，朋友西山又送行。
雨后山风含盛意，甘醇水酒浸深情。
高谈世事前程好，阔论人生道理明。
虽是方言难尽懂，但知字句意非空。

2016年7月21日

赠张家兄妹

刚到旬阳便得知跃福兄女儿生病，曾拜访看望过并留下激励的言语，现得知身体恢复得很好并与兄长一起创业，随即再次登门看望并留诗一首共勉。

创业虽艰志向明，人生砥砺是常情。
青春有梦终无悔，笑看风云变幻中。

2016年7月21日

赴木老元做报告

早去晚归木老元，山高雾重路盘旋。
倾情村干谈方法，面对职员赠矢言。
学府空谈无禁忌，班门弄斧不知惭。
匆匆赴宴回施甸，略去寒暄不绕弯。

2016年7月20日

再赴告别宴

石鼓农庄再度忙，老友新朋借酒狂。
洋酒一杯情似海，乌鸡两次味非常。
巾帼不让须眉叹，智叟能餐盆碗光。
灯火阑珊归去后，堂前聚议夜风凉。

2016年7月18日

四大山游记

墨染青山绿掩坡，云腾雾绕入仙国。
青苔古木听流水，草甸牛羊伴牧歌。
山上流云时带雨，悬崖峭壁慢行车。
层峦叠翠奇石秀，近是石林远似驼。

2016年7月17日

农家小聚

小店闲谈厨艺教，农家野菌火锅烧。
庭前藕叶连天碧，屋后荒山已动铲。
回望去年初到后，正如今日遇洪潮。
虽说不是离别宴，山野戚戚把雨抛。

2016年7月16日

雨季防洪

滔滔浊水漫东河，夜雨山洪更助波。
村干联防忽报险，紧急时刻靠兵哥。

2016年7月15日

雨乌邑之歌

西山板栗东山桃，乌邑坝子荷花娇。
虎头岩上风光好，茶马古道古木高。
乌邑的山，乌邑的水，
乌邑的人民心灵美。
西河泉水东河桥，古村建在半山腰。
桐溪河水绕村过，白鹭翱翔白云飘。
乌邑的山，乌邑的水，
乌邑的人民心灵美。

2016年7月14日

无名鼠辈

青山掩映下桐溪，鼠辈无名打洞居。
趁夜巡游明月里，抬头驼背怕天低。

2016年7月14日

桦林秋韵

霜叶斑斓景韵深，桦林古树系白云。
人生莫叹夕阳晚，万物复苏又是春。

2016年7月14日

马缨丹

马缨丹又名五色梅，原产美南洲，在施甸四季开花，枝叶异臭，果实紫甘。

四季常开五色梅，田间陌野不争辉。
远观山岭层层绿，近看花枝点点绯。
枝叶青葱闻臭气，果实暗紫品甘微。
外来物种频侵入，本地秧苗备受摧。

2016年7月13日

相聚言欢

新朋老友聚言欢，眼底充血心始甘。
乡野情浓皆在酒，来途回望近一年。
仁兄昨夜熬茶饮，贤嫂明天备晚餐。
雨洗青山河水满，风吹碧树果实繁。

2016年7月11日

滇西夜雨闲思

骤雨忽来乱打窗，推门远望夏风凉。
闲云漫卷飞坝上，积水湍流绕垸墙。

2016年7月10日

雨后健步

轻装健步上东山，雨后云霞变幻间。
败絮腾空风力缓，残鳞弥散水波闲。

2016年7月8日

临别闲思

投缘不在缛节多，千里相牵唱赞歌。
佛祖无情亲四海，风雨有爱恋山河。

2016年7月7日

厚德载物

乌邑社区杨露、段炳阳、王星耀高考成绩超过一本线，今天予以一千元奖励并赠言如下：

德才不配勿贪功，万事精勤莫放松。
草木欣荣非喜果，瓜熟蒂落亦然空。

2016年7月7日

题双色睡莲照

双色莲花梦里开，闲情偶遇是缘来。
人生放下除迷雾，世事无牵筑福台。

2016年7月3日

夜雨闲思

雨夜清风拂幔帷，思无睡意扰蚊飞。
空空府院独居静，漫漫乌云相伴归。

2016年7月2日

不忘初心

岁月无情本色真，征途最忌忘初心。
倾情为民无私利，勇往直前敢献身。

2016年7月1日

遥祝同学儿子喜结良缘

贤侄吉日结良缘，美丽乡村鼓乐喧。
老友滇西遥祝福，可惜渤海路三千。

2016年6月30日

生死随感

6月26日《求是》杂志副总编朱铁志自杀，官说抑郁，民说矛盾，亦说是想说而不由说之结果。我认为都有道理，结果都是选择逃生——逃脱生存的痛苦而追求解脱，也就是一个如何生活的问题。想来，还是做一个勤劳的小人物好。

人生谁惧死？莫笑苟偷生。
若是生存易，何须砥砺行？
前途无可奈，理念是非空。
日做身边事，夜读山海经。

2016年6月28日

水墨古村

三步拼作两步跑，听说村里来领导。
领导来村做报告，慢走一步怕迟到。

听说领导是书记，可惜大名我不知。
书记动员来征地，水墨古村要奠基。

下桐溪边下同邑，下同邑人福不急。
寨头寨尾修公路，温泉酒店半山依。

征田征地谈何易，总有群众觉悟低。
大小干部全上阵，确保工程不误期。

施工车辆东山去，河道开进挖土机。
轰轰烈烈工开起，忙忙碌碌人心齐。

水面荷花水下鱼，青山绿水白云奇。
人逢盛世精神爽，阖家幸福美滋滋。

2016年6月25日

赞群贤

打竹板，到台前，各位看官听我言。
九九重阳先敬老，六六大顺赠群贤。

说群贤，话群贤，群贤都是公务员。
抛家舍业农村去，走村串户不得闲。
挂包帮，走转改，服务基层解危难。
村风村貌有人管，调解矛盾不嫌烦。

问需求，促生产，出谋划策做宣传。
党员带头群众看，合作经营造大船。
林下养殖收入好，土地流转产量翻。
集体产业大发展，群众打工不出山。

为精准，常加班，评议公示程序严。
建档立卡有依据，领导审查再把关。
应保尽保困难户，不把一户落外边。
家家户户送温暖，百姓疾苦记心间。

摘穷帽，多挣钱，脱贫致富大路宽。
甜柿挂果一对对，板栗枝繁绿满山。
辣子花椒一片片，鸡鸭牛羊圈满栏。
山村路灯亮闪闪，农舍栋栋换新颜。

夸群贤，赞群贤，三天三夜说不完。
感谢政府感谢党，感谢人民勤务员。

2016年6月25日

无缘享受

假期到23日，本欲顺游腾冲而航班取消，误订公务舱又因机型改变而降舱。

渭水惜别酷暑间，腾冲误点换航班。
昆明老路保山转，舱位降级被退钱。

2016年6月23日

寄语双面笑佛

已决定于6月22日珍珠婚纪念日之前返滇，所以于19日为夫人请得双面玉佛手链一串，现借诗寄语。

墨染青山六月天，骄阳热浪起微澜。
白云静谧晴空远，碧水苍茫草木繁。
半世无为求静好，一生有伴脱俗烦。
平平淡淡三十载，友善心宽度晚年。

2016年6月22日

题杨梅

嫩肉红皮果，酸酸淡淡甜。
新鲜衔绿叶，爽口浸清涎。

2016年6月22日

喜闻《药分》入刊源

闻报期刊不负期，西洋评价已皈依。
多年苦闷何人晓，累月辛勤雅客稀。
酷暑难熬终有季，繁花悦目莫沉迷。
人生贵在经荣辱，但愿前途稳步移。

2016年6月21日

离校之前闲吟

每次前行最累心，时常梦里暗呻吟。
有情总被无情恼，积弊难除祸害深。
权重无知独占理，言微有据亦屈身。
山高路远轻协作，方向偏离妄自拼。

2016年6月20日

也谈父爱

父爱无言重似山，满腔热血化熔岩。
丛林碧草添春色，峻岭悬崖露怒颜。
苟且偷安责任在，光宗耀祖理当然。
家风肃正荫三代，后悔当初少耐烦。

2016年6月19日

渭南闲吟

渭水悠悠径向东，南山峻险有奇峰。
学高为范标青史，院落清幽领世风。

2016年6月13日

写作闲吟

从容立论问题真，导向清晰贵创新。
材料翔实无弊漏，关联有序勿冗陈。
分析论证当严密，推理逻辑有脊筋。
论述言辞应简练，通俗准确走人心。

2016年6月12日

世纪金源品酒

纵论千秋远，闲谈万古悠。
殷殷山野事，淡淡世俗愁。

2016年6月12日

毕业季赠言

志存高远无穷路，步踏平实有备资。
展翅奋飞经砥砺，随俗济世报恩师。

2016年6月10日

端午节闲吟

端午假期宁，归来偶际逢。
闭门人谢客，舞墨笔出锋。
乡野纷争起，学园创业兴。
芸芸皆不易，固步自相封。

2016年6月9日

端午原韵和俊民

滔滔麦浪逐骄阳，竞渡龙舟悼楚郎。
自古苍山骤雨洗，而今欲海祸心藏。
虽怜艾草纤枝弱，犹见榴花似火狂。
莫虑江河浊水浅，春风化雨自汪洋。

附俊民原作：为国宁作楚之狂，一曲离骚枉断肠。
沧浪水深藏万虑，汨罗波远卷千伤。
如今惯见龙舟乐，逢此常闻粽子香。
欲问高风何处觅？丰碑无影亦留芳。

2016年6月9日

假日闲思

端午偶得闲，何须顾影怜！
乡村无净日，城里亦难安。
都是漂浮苦，皆因名利烦。
独行虽寂寞，从众岂悠然。

2016年6月9日

题晓林玉山照

晓月清明陌野苍，林风阵阵玉山凉。
流连忘返居仙境，影影忽忽入梦乡。

2016年6月6日

春城临别留念

临别翠湖公园漫步，无心恋景，以诗抒怀。

昨日无知上讲台，俗言迪界[①]赞明白。
翠湖荷叶连天碧，曲径廊亭映日歪。
随性由心无欠念，结缘顺意有情怀。
滇山渭水相牵近，从此春城会再来。

2016年6月4日

---

① 迪界，后台音响师DJ。

出山路途随感

出山回校休整，路过昆明应邀报告。多日来的农村生活，虽未感觉很累，但下榻酒店后一觉到天明，甚是解乏。不得不承认岁月不饶人。昆明街心漫步闲思，随感而发。

展翅银鹰破雾行，华洲落榻到天明。
倾情陌野添新绿，借故登台会旧朋。
漫步街心闲看景，苦思物理静临风。
盘龙碧水穿城过，铜犴[①]仰观万事空。

2016年6月3日

观晚霞不得记陆副来访

青山翠绿漫天涯，客旅边陲恋晚霞。
济困回头重建卡，精准到户助兴家。
创新完善难说好，墨守成规总被夸。
陆副进村来走访，新官上任质无华。

2016年6月1日

① 犴，驼鹿也。铜犴为昆明盘龙江边的雕塑。

惊闻无补助有感

政府食言因哪般？行前访后夜难眠。
原来说是能相助，现在托词躲后边。
二手房源都可以，何谈老板不贪钱？
行为做事当诚信，莫要搪塞重眼前。

2016年6月1日

午餐闲思

一碗馄饨半碗汤，生活随性莫忧伤。
朝霞落日皆成景，阴雨晴天同样长。

2016年5月31日

无事闲记

身胖个低沟屁深，一挪三扭脚跟沉。
上司在场勤堆笑，下起半级脸抽筋。

2016年5月31日

下同邑营盘山健步

土路新开绕半山，夕阳晚照耀林间。
桐溪碧水潺潺过，石鼓青山默默眠。
水墨古村从此起，秘汤施甸可安闲。
有缘助力乡村好，不日繁华在眼前。

2016年5月30日

施甸送别

青山薄雾日曦间，老友匆匆驭驾还。
鸟瞰平川乌邑近，仰观陌野彩云闲。
乡间漫步寻仙迹，布朗举杯敬邑贤。
杨柳依依疏映水，银鹰跃起已喑然。

2016年5月29日

参观善州林场

简朴人生慕善州，茫茫林海画屏幽。
戏说我似其同类，我叹人生莫过头。

2016年5月28日

同学专程来施甸

同学千里赴滇西，薄酒芋花佐烤鸡。
乌邑村前留念影，石鼓夜暮走阶梯。
小城灯火阑珊起，墨岭苍天月挂低。
慢步街边情愫暖，仿佛相聚未曾离。

2016年5月27日

施甸天晴

天公知我有朋来，旭日东升雨雾开。
陌野天高云影静，林间鸟串树枝歪。

2016年5月27日

送别杨绛先生

5月25日凌晨一点，先生终于一百零五岁。人们以著名之名来赞誉，而我理解先生百岁人生体现的是对自己以及与自己相关者的爱，是我爱我——人生难得会自私的智慧，正合其祭日的数字525。

我爱我，人争我不争。
世态炎凉旁观过，
笔墨不干总含情。
我爱我，最忌是虚名。
灵魂守住自由在，
鸟语花香自然风。
我爱我，经历是修行。
酸甜苦辣都是味，
匆匆过客皆为空。
我爱我，人生自从容。
并非百岁方有悟，
智慧则能看得清。

2016年5月25日

东山观日落

施甸扶贫大半年，方言半懂未偷闲。
山岚雾重朝阳晚，碧野风凉落日残。
骤雨忽来常趁夜，霞光灿烂偶随缘。
滇西若问何时美，最爱西山日暮间。

2016年5月24日

施甸流源

施甸流源历史长，崇山峻岭走马帮。
契丹骑戈归田野，大理遗民种稻桑。

2016年5月24日

题冯氏楼下照片

青青碧草映高楼，似火榴花静娴幽。
雨后清新循花径，廊前故旧解情忧。

2016年5月23日

乌邑代表会后小酌

昨夜微醺半掩门，蚊虫不请乱烦人。
嗡嗡掠过轻挥手，静静吸食重触身。
梦里榴花风月好，窗前树影雨云深。
家乡建设全凭你，我再能行亦要分。

2016年5月23日

雨后追雾闲吟

暮雨时晴雾起间，出门健步欲追仙。
永观荷叶轻依水，石鼓流云暗恋山。
落魄村鸡栖朽木，悠闲水鸟戏娇莲。
冥冥天道岂酬懒，漫漫人生总契缘。

2016年5月21日

贺杨公子成年

五月榴花映绿荫，西装革履倍精神。
人生路远当砥砺，世事艰辛莫忘真。

2016年5月18日

周末闲吟

异域孤身远，他乡举目吟。
虽说风景好，难解路无亲。

2016年5月15日

杨峰施甸行

弥度归途施甸行，微风细雨板桥迎。
他乡聚议家国事，杯里闲谈异域风。
稚嫩春莲依碧水，清新旭日照归程。
杨兄此去孤身远，挂友情牵待庆功。

2016年5月15日

踏莎行·施甸日暮闲思

日暮西山，余晖渐褪，虫鸣鸟啭声声碎。
清波碧水意悠然，孤枝摇曳如妃醉。

暂住滇西，扶贫不辍，情牵两地心身累。
归期越近越思归，阑珊灯影催人寐。

2016年5月13日

祝贺双杰获奖

人在旅途常有梦，拼搏进取展雄才。
平凡不坠凌云志，岁月流金未枉来。

2016年5月13日

晨起闲吟

日作起于晨，人生莫怠心。
匆匆经岁月，默默苦耕耘。

2016年5月12日

健步登高赏落日

日落霞光万丈长，登高俯瞰赏风光。
山间鸟唱白云静，坝上灯明暮色凉。
野草萋萋遮陌路，榴花朵朵映斜阳。
悠悠碧水清波起，漫漫人生健步量。

2016年5月9日

恭喜桃渠挂友马晖喜得公主

桃枝斗艳报春归，渠水涓流润堰圩。
公路旁边添淡绿，主峰顶上洒朝晖。

2016年5月9日

同学群聊有感

名字听来倍感亲，翻腾脑海尽童真。
放学路上追逐乐，上课桌间划界分。
碧海清波常入梦，清溪绿野偶分心。
传来照片难相认，岁月无情烙印深。

2016年5月8日

路边与尹家小张慢饮

市井推杯酒半瓶，闲谈酒后骂官廷。
儿孙无奈闲生气，世事烦心默不鸣。
百姓无求求正义，人心有望望公平。
临别相问君名姓，家父原为老党龄。

2016年5月8日

暮春登施甸东山

滇西久未赏夕阳，独自登临汗渍凉。
坐看西山吞落日，闲观坝上起洋房。
一方水土一桩恋，两种思维两样腔。
四射霞光皆叹好，暮春依旧草枯黄。

2016年5月7日

早起登施甸石鼓山

水墨群山日照云，乡间小路入深林。
风吹碧水清波潋，鸟啭晨曦伴客吟。
旭日迟来驱绿雾，农家早起掩柴门。
层峦叠翠遥相望，万里江山已暮春。

2016年5月4日

如梦令·漫步西山村

昨日西山日暮，携友村中漫步。
街巷静无人，圣训无言肃穆。
迷路，迷路，辗转寻得餐处。

2016年5月3日

赠陇川杨峰

同赴滇西即是情，遥隔怒水路难行。
杨峰独自居边境，老朽无言祝业成。

2016年5月2日

仁和路边小酌

独自小酌公路边，一杯玛咖酒甘甜。
身边俗事皆丢下，世上闲情最忌贪。

2016年5月2日

施甸热水塘游记

夜雨晨风雾笼山，仁和坝上觅炊烟。
龙潭静静迎新日，古树悠悠忆旧年。
李氏源流根脉远，桂香清逸善缘难。[①]
洋楼拔地纷纷起，岁月无声默默延。

2016年5月2日

愁客来而未来

昨日闻知君欲临，苦思无处表诚心。
街边食馆农家饭，村里田间陌野云。
贤弟若来当愧待，愚兄必去助扶贫。
隔江遥望陇川远，都是他乡孤旅人。

2016年5月1日

① 李氏宗祠名为陇西祠，又名桂香宫。

世事难逃

世事难逃礼数多，山间落雨水成河。
不求事事皆如意，但愿人人可诉说。
施甸西山风景好，西安浪子酒如何？
人生知己莫哀少，我自开怀唱赞歌。

2016年4月30日

昨日携友小酌石鼓农庄

好友临施甸，携登石鼓巅。
鸟瞰乌邑坝，放眼四大山。
水映炊烟淡，云飞落日偏。
林间相对酒，学做乐游仙。

2016年4月30日

悼陈忠实

白鹿悠然逝辋川，空余浐灞土台原。
满腹故事遗幽谷，一脸沧桑驻世间。

2016年4月29日

记麦姜兄初至施甸

寂静春宵会旧朋，繁星点点耀苍穹。
西京同事相邻伴，施甸扶贫互助行。
岁月无情催物老，人生有志胜年轻。
任凭灯火熄归处，布朗闲谈续品茗。

2016年4月28日

施甸春雨

夜雨晨风雾，青山隐匿中。
春雷忽震耳，珠落满阳篷。
鸟唤窗前树，云飞偶见晴。
今年多雨否？但愿享安平。

2016年4月25日

祭日前闲思

窗前老树又花开，淡紫浮云静默哀。
九度春秋香自溢，满腔眷念意徘徊。
晨风暗送惊春梦，志鸟弦歌闹露台。
俗事缠身难尽孝，滇西渭水不释怀。

2016年4月24日

古都日暮

枝头落日照长安，疑是骊山梦里烟。
宿鸟林间扬柳絮，春风水面弄波澜。

2016年4月23日

闲思自勉

冬去春来花自香，莫随褒贬动情肠。
虚实天道闲思悟，甘苦人生静品尝。

2016年4月20日

闺怨编修

天涯望断杳无音，柳绿庭前鸟唱春。
深夜无眠嫌月吵，流年带恨悔识君。

附原作闺怨：望断天涯无回音，无心咏柳与颂春。
夜深难寐憔悴损，宁愿当初不识君。

2016年4月19日

洛阳小聚

久未同桌举酒杯，涧河相聚面颊绯。
琼浆玉液随心饮，苦乐人生伴月辉。

2016年4月18日

鹧鸪天·滇西赴洛阳小记

昨日滇西暮色空，离别小酌去匆匆。
河边杨柳拂新月，岭上青松御夜风。

银鹰送，牡丹迎，孤身已进洛阳城。
预习课件心难静，犹在闲谈笑语中。

2016年4月17日

聚散匆匆

相聚匆匆又要离，老哥送我上飞机。
真心希望家乡好，更爱结交四海谊。
无奈人生难尽兴，当知世事戒痴迷。
结缘无意千杯少，来日方长会有期。

2016年4月16日

归途晚点

归途晚点误昆明，疲惫银鹰暮色中。
最是烦劳人等客，可曾感到腹饥鸣。

2016年4月12日

启程回村

校庆欢歌犹在耳，村中换届已召归。
滇山渭水成牵挂，事业扶贫两地催。

2016年4月12日

夜饮小记

昨夜相扶带醉归，谁家少妇惹春绯？
原浆本是多情物，旧事无端作罪魁。

2016年4月9日

贺交大百廿校庆

浦江渭水两相牵，百廿沧桑转瞬间。
怒放樱花堪点赞，临风松柏亦安然。
弦歌盛世当空舞，砥砺征程破浪前。
赤子欢欣相聚庆，晨曦翠鸟落英欢。

2016年4月8日

校园随感

细雨朦胧绿意葱，樱花带泪泣无声。
残红似血凭君踩，沃土如肥伴叶生。

2016年4月6日

校庆感怀

渭水清明灞柳新，秦风墨韵古城春。
交通天地开民智，创业西京筑玉宸。
甲子双逢逢盛世，学科共建建功勋。
结缘交大终无悔，开启未来靠信心。

2016年4月5日

清明遥祭

每每清明细雨霏，芊芊陌野唤人归。
迢迢千里思乡路，袅袅青烟遥祭碑。

2016年4月4日

春风夜雨

春风细雨落英飞，岁月无情绿叶催。
柳舞娇枝闲戏水，窗依碧树日斜晖。

2016年4月3日

告别遵义

来去匆匆五日行，扶贫培训踏归程。
晨风细雨山河润，油菜花开阡陌明。
实践交流学榜样，攻坚能力待提升。
红城高速通山外，花茂乡愁忆旧容。

2016年4月1日

习水考察小记

苟坝出征首战开，木棉溅血是谁栽？
无名烈士今安好？青杠坡高忠骨埋。
赤水河深天堑险，红军四渡敢徘徊。
水狮坝在称华润，致富但求游客来。

2016年3月31日

枫香镇参观随感

花茂枫香雾绕山，乡愁留住建家园。
九丰农业观光好，陶艺休闲雅致玩。
苟坝红军危殆起，泽东小道马灯燃。
脱贫未必皆城镇，谱写田园致富篇。

2016年3月31日

遵义集训小记

圣地研修第五天，焚膏继晷未曾闲。
瞻思不忘长征苦，静待常言世事难。
六省集结来受训，中央号令去攻坚。
人生无悔行宗旨，热血盈腔入大山。

2016年3月31日

遵义培训闲记

青砖碧瓦小楼坚，绿水群山细雨绵。
革命曾经矫正路，长征从此展新颜。
扶贫志士齐相聚，无悔人生共誓言。
舍业抛家非我傻，只缘挂念在深山。

2016年3月30日

题玉树杂多雪景照

扶贫独步丈山河，热血青春谱壮歌。
三月银装披玉树，九洲挂友赞杂多。

2016年3月29日

遵义培训首日随感

富丽堂皇大殿中，高谈阔论救苍生。
一墙阻断山和水，两界如何交与通。

2016年3月28日

西安赴遵义随感

银鹰跃起入云端，大地苍茫转瞬还。
俯视人间楼点点，漂浮梦境翼翩翩。

2016年3月27日

步原韵和俊民兄

谁人没事惹春风？洒向人间遍地红。
沧海桑田双甲子，西迁创业满腔情。

2016年3月24日

候召寻幽感怀

雾色迷蒙细雨轻，高墙含泪沐春风。
梅枝倒映城河水，绿柳疏遮马路灯。
候召南门寻胜景，倾心出版冀成功。
诚心用我何言苦？但愿花开不落空。

2016年3月24日

春风细柳

风梳细柳报春晖，陌野乡间车似飞。
试问仁兄何处去，遥答父母盼儿归。

2016年3月23日

贺万鹏兄三十岁生日

鹏程万里驭春归，燕雀安识岭上晖。
年少时坚常励志，耄耋威盛筑丰碑。

2016年3月23日

劝妻安心休养

今年错过有明年，守住青山保平安。
朝起悠然闲踱步，暮歇恬静莫心猿。

2016年3月22日

题冷兄赏兰照

绿叶纤纤春意浓，花型富贵品端行。
修身学做真君子，种草留香养性情。

2016年3月19日

点绛唇·题夫人公园柳丝照

绿柳低垂，珠帘倒挂春来驻。
嫩芽疏布，闲映堤边路。

宫院深深，清静游玩处。
听鸟语，任凭风沐，独自蹒跚步。

2016年3月16日

参观大本事公司有感

本事无须自己夸，情牵农户闯天涯。
香菇不大身形美，产品新颖理念佳。
市场营销兼内外，扶持周到似一家。
结缘施甸千年好，祝愿庄园更繁华。

2016年3月15日

山邑野鸭湖

四面青山映绿湖，风吹堤岸柳丝拂。
农家待客无须问，莲藕鲜鱼已下厨。

2016年3月13日

偶得素馨花

待放苞蕾点点红，纤枝细叶隐无形。
素馨花瓣欣欣意，淡雅幽香脉脉情。

2016年3月13日

施甸感春

二月春风怒吼中，闲登石鼓[①]弄秋情。
寻山探访春不在，方知四季不分明。

2016年3月12日

① 石鼓指乌邑村西的石鼓山。

西山日暮

滇西日暮最多情，梦幻霞光照画屏。
坝上阑珊灯火起，山间隐匿路沟平。
彩云飞舞喧荒野，碧水清明映夜空。
莫叹西山天色晚，夕阳退去有繁星。

2016年3月12日

观手机版碑林拓片

狼毫墨染笔纤纤，劲猷碑文记史篇。
品鉴何须千里外，一屏览遍万重山。

2016年3月11日

步原韵应和俊民兄

人间自古有阳关，灞柳轻折两地牵。
未见天涯客旅苦，只知闹市肉食鲜。

附俊民原作：离人不必唱阳关，渭柳长安一水间。
古渡如今成大道，万家灯火大唐天。

2016年3月10日

健步施甸东山

碧水春风白鹭飞，新枝枯草两相微。
斜阳缓缓依山尽，鸟语啾啾急唤谁。
陌野无人天色晚，红云似血柳丝垂。
东山日暮独行远，目送层峦灯火催。

2016年3月9日

观西安十三五项目有感

宏图绘就确非凡，大地辉煌在眼前。
只是人间翻覆后，灵魂莫要半空悬。

2016年3月8日

访姚关和摆榔乡

早起跟车又下乡，峰高路险少风光。
大岭[1]闲谈村里事，山尖破土建新房。
辛辛苦苦求脱困，认认真真探良方。
夜访大中渣子树，归来两腿似筛糠。

2016年3月7日

题西安唐苑照

夜雨无声涤垢尘，春风拂面柳枝新。
闲游唐苑舒筋骨，沐浴骄阳唱心音。

2016年3月5日

---

① 大岭、山尖、大中为行政村名，渣子树为自然村名。

村干部段家聚餐

二月春风绿柳屏，桐溪碧水尽欢情。
瞻前顾后皆荣耀，继往开来再启程。

2016年3月4日

贺继周兄生日快乐

继晷焚膏日夜忙，周郎虽老更风光。
鸿篇巨著由来者，福寿安康可栋梁。

2016年3月4日

题西安首场春雨照片

丝丝春雨绿枝头，阵阵花香景色幽。
忽觉心开人欲动，相约踏青去郊游。

2016年3月4日

时事闲思

如期沉默中死亡，
不如爆发中求生！
心正，无畏言铮，
志士，岂能偷生。
历史，人民创造，
生活，莫待救拯。

2016年3月3日

随访木老元有感

施甸东行木老元，山高林密路盘旋。
滔滔雾海奔腾过，点点白墙绿野间。
哈寨村中怜古树，龙潭谷里隐清泉。
寒松峻岭白云冠，草甸黑羊暮雨圈。

2016年3月2日

题西安寒窑照

昔日寒窑怎比今，亭台楼阁已翻新。
春风荡水鸳鸯戏，嫩柳垂枝翠鸟吟。

2016年3月2日

题西安南山照

放马南山虽路远，天晴气爽享清闲。
亭台古木亲池水，更有春花展笑颜。

2016年2月29日

题西安植物园照

植物春来香满园，花开蝴蝶舞翩翩。
人生若是心情好，世上天天似过年。

2016年2月29日

题俊明长安夜景照

长安灯火夜难眠，谁人夜半弄琴弦。
琴音似泣离人泪，月色如霜旅途艰。

2016年2月27日

归来健步响水凹

归来数日未曾休，周末强行健步游。
落日余晖时带雨，残花败柳似言愁。
一山二虎常争斗，双将同台莫探头。
心底无私情切切，扶贫我自乐悠悠。

2016年2月26日

施甸元宵夜

夜雨闲敲梦，烟花耀半空。
孤灯深院静，陌野暖风轻。
雨润黄花艳，风吹草木生。
边陲春到早，暮色掩鸡鸣。

2016年2月23日

归程闲记

浩浩东风拂面轻，银鹰胆怯误归程。
临窗夜半闲听雨，向日花开喜沐风。

2016年2月22日

返回乌邑村

行囊背起又出发，自此谁知哪是家？
大厦高楼闲适住，青山绿水忘情爬。

2016年2月21日

校园日暮

假日天晴去上班，先忙工作后游玩。
夕阳似火枝头耀，夜暮如帘树影残。
劳碌人生岂懊悔，平凡事业自安然。
梧桐肃穆高楼静，池水清灵小路弯。

2016年2月15日

丙申冯氏岁增题赠

岁月匆匆过，韶华转瞬间。
夕阳红胜火，往事散如烟。
乍暖犹寒处，春风已动眠。
人生当自我，莫要妄寻烦。

2016年2月15日

闲题朋友照

淑女窈窕细语低，清风漫拂柳垂丝。
蓝天融入闲情里，碧水漂浮景色奇。

2016年2月12日

朋友相约小酌

相约年后夜风寒，小雪飘零落满肩。
城阙彩灯怜小店，桂花黄酒醉西安。

2016年2月12日

和卫平兄《初三子夜独酌》

夜静更深暮似帘，谁家灯火咏阑珊。
犹闻李杜花间醉，原是刘公子夜欢。
微信咫尺传佳句，商都路远客樊川。
情托水酒难遂意，东海相隔万仞山。

附刘卫平原作《初三子夜独酌》:

春醪春茶盈春盘，回喉回肠增悲欢。
良宵空吟佳人诗，初心难寻儿童团。
今兹樊川思潇湘，他年商於埋衣冠。
三更迷蒙都南庄，醺持清神摇头丸。

2016年2月11日

新年登乐游原

睡起遛弯登古塬，廊桥结彩始觉年。
西山日晕非天晚，城里街宽是路闲。
夜幕遮窗情切切，春风融雪意绵绵。
久居乡野心思静，风雨阴晴各有缘。

2016年2月9日

古邑新姿

古邑新装敞大门，巍巍城阙接青云。
华灯初上夕阳晚，晨曜喷薄旭日临。

2016年2月9日

云南归来题城墙夜景

久未亲临城下门，仿佛已是异乡人。
长安灯火通宵亮，过路车行似我心。

2016年2月8日

贺乌邑新春联欢会圆满结束

丙申起始第一天，乌邑村中锣鼓喧。
笑语欢歌歌盛世，自娱自乐乐当前。
睦邻敬老新风树，政策宣传觉悟添。
扶贫扶智先修路，党建民心更在先。

2016年2月8日

猴年寄语

昨日繁华方落尽，今天便又启新年。
江河依旧风光在，情愫或许会茫然。
万里征程虽路远，千般责任敢承担。
云生碧水山林静，雨聚清溪谷峪喧。

2016年2月8日

猴年初一傣御宫远望

硝烟过后雾蒙蒙，多少楼阁仙境中？
辞旧迎新新似锦，开来继往往如风。

2016年2月8日

题朋友归乡照

乡野终归系命根，逃离闹市净凡尘。
山中自有清贫乐，世事无非欲海深。

2016年2月7日

辞旧迎新贺新春

羊歌盛世传捷报，猴舞新春送吉祥。
国运昌隆行大道，民心向善效贤良。
西安瑞雪覆城阙，施甸骄阳照怒江。
祝愿亲朋皆顺意，生活事业再鹏翔。

2016年2月7日

移居傣御宫

移居客栈半山间，版纳风光脚下边。
城景霓虹飞彩练，澜沧倒影会游船。
望江楼上青鱼美，傣御宫中床榻宽。
有意贪玩没胜景，无心避世有奇缘。

2016年2月6日

乘公交闲游景洪

午后公交自由行，小城街景展风情。
花团锦簇争相艳，椰树挺拔列队迎。
孔雀湖边闲适坐，大佛脚下静心听。
傣王遥祝新年好，勐泐遗风大道成。

2016年2月5日

游览告庄闲思

版纳告庄①金塔高，朝阳映照更妖娆。
东西孔雀延新路，南北澜沧起大桥。
景法商家忙似抢，景真楼宇起如潮。
满街傣寨一符号，遍地开发好印钞。

2016年2月5日

① 告庄为澜沧江北的一个地名，现在其东面开发有告庄双景旅游区，内有景法寨、景真寨等。

游植物园

勐仑未到要提前，今日专游植物园。
原本相约包车去，可能惧怕我无钱。
园林地阔花嫌冷，游客乘车腿自闲。
更叹归程车站远，疲身辗转让人烦。

2016年2月4日

少年游·游热带花卉园

南国冬日暖融融，丽日伴春风。应人花卉，通幽曲径，碧水映苍空。

花间树下留恋过，林木郁葱葱。观瓷玫瑰，品新鲜果，孔雀欲开屏。

2016年2月3日

游原始森林公园

借势营新景，游人尽兴玩。
丛林寻野趣，孔雀展娇颜。

2016年2月2日

游野象谷

随心游兴起，半路把车拦。
象舞深山里，莲开绿水间。

2016年2月2日

初临版纳住告庄西双景

澜沧江北告庄西，客栈那家[1]夜半栖。
万象[2]霓灯通南北，菩提[3]店铺向东西。
大金塔下清流碧，勐泐园中遗址稀。
版纳风情新造就，傣宫历史旧时迷。

2016年2月1日

---

① 那家指客栈。
② 万象指万象路。
③ 菩提指菩提路。

误机昆明

西安大雪误航班，我在机场无计闲。
辗转花钱更改后，玩玩微信耗时间。

2015年12月31日

钗头凤·施甸识段

临施甸，结识段。阔鼻圆眼殷红面。方步跺，冲嗑坐。地北天南，轶闻侠客。乐，乐，乐！

闲思饭，忙无怨。偶兴云雨情思乱。牌声落，三杯过。眉宇飞扬，目光灼烁。色，色，色！

2016年1月31日

贺新春（快板）

过大年，穿新衣，我给大家作个揖。
祝愿父母身体好，祝愿学生考第一。
祝愿牛羊肥又壮，祝愿硕果挂满枝。
祝愿老板生意旺，祝愿老少笑咪咪。
祝愿祝愿再祝愿，祝愿新年新气息。

新气息，新气象，乌邑今天又变样。
东山日出彩云飞，乌邑坝上尽朝晖。
大河流水哗哗过，油菜花开满地金。
幼儿园，有滑梯，窗明几净教具齐。
歌声嘹亮飘天外，儿童成长谢老师。

杀猪饭，年年吃，今年年景更丰裕。
安居工程暖人心，喜气洋洋迁新居。
想未来，谋划早，感谢党的好领导。
寨头坝上有温泉，水墨古村伴桐溪。
温泉上山盖酒店，池塘莲花随风低。
异地搬迁政策好，农村一步变社区。
公共设施更完备，人与牛羊闹分居。

放鞭炮，会故交，安全工作要记牢。
防火防盗防欺骗，走路开车都别急。

打牌只为图个乐，醉酒伤身更不值。
尊老爱幼展风尚，家庭和睦邻里亲。
团结协作创大业，儿孙健康爱学习。
领导带头向前进，同心同德泰山移。
祝愿大家新年好，福寿安康万事吉！

2016年1月27日

挂礼归来闲吟

薄酒一杯半醉还，穷乡僻野理难言。
人生莫要寻烦恼，世事由心自乐天。

2016年1月25日

鹧鸪天·北方寒流

瑞雪寒潮扫九州，殷殷牵挂在心头。
庭前老树可经压，屋后青苗莫忘收。

千里外，万般忧，只能梦里解君愁。
今宵借酒遥相问，门禁窗封未远游。

2016年1月22日

时近大寒

年关将至大寒来，不忍凭窗上露台。
游子乡思云路远，春心萌动野花开。

2016年1月15日

钗头凤·施甸闲思

临风站，情思乱。欲排愁怨东山转。萋萋草，夕阳好。陌野花开，异乡春早。俏，俏，俏！

街灯灿，人行慢。月明云静山峦暗。凭窗眺，年关到。无限蹉跎，几分烦扰。了，了，了。

2015年12月15日

夜半闲吟

西山挂月近三更，陌野风清夜静空。
异域油花争斗艳，家乡湖水可冰封？

2016年1月15日

施甸东山闲吟

偷闲取景上东山，陌野花开春满园。
但等夕阳一下去，余晖丽影共斑斓。

2016年1月14日

县城采花闲思

新城旧貌未曾言，春色缤纷已满园。
今日扶贫多建设，明天维护靠苍天？

2016年1月13日

西安初雪

长久地渴望，渴望你的降临。
真心地等待，等待你的初吻。
霾雾，没有使你爽约。
寒风，始终与你同心。
祝贺，西安的初雪！
瑞雪舞晨空，腊梅喧闹中。
推门追雪去，踏草唤春风。

2016年1月12日

健步东山

日暮山岚静，风轻碧水平。
黑云飘未远，灯火照街明。

2016年1月7日

冬日晒太阳

披星戴月整年忙，对镜始觉两鬓霜。
昔日追逐名与利，此时幸福是阳光。

2016年1月5日

交大西迁赞

西迁创业六十年，渭水秦山佳话传。
桃李芬芳香四海，名师闪烁耀宇寰。
追思不忘好儿女，展望当期猛少年。
丝路重开抒壮志，沣西扩土谱新篇。

2016年1月4日

醉花间·新年祝愿

居施甸，黄花艳。孤夜街灯暗。
辞旧又迎新，岁岁人期盼。

微信收不断，字字皆祝愿。
乡间寄情深，连日年猪饭。

2015年12月31日

凭窗闲思

窗外，油菜花开，金黄点点，暖阳一片。
窗外，山峦叠障，朝雾氤氲，炊烟流散。
窗外，霞光褪去，白云悠闲，蓝天无限。

2015年12月31日

边陲花开

边陲小镇野花香，露重霜浓夜半凉。
旭日东升情意暖，年猪待客酒风狂。

2015年12月30日

归来无霾

风尘仆仆又一程，霾去云开丽日生。
落叶飘零寒夜里，枯枝沐浴暖阳中。

2015年12月14日

昆明街边健步

会后街边漫步行，清心真庆道观情。
慕名未见茶花面，偶遇石房白塔迎。

2015年12月12日

去昆明

再度离村到保山，银鹰一跃上蓝天。
扶贫出版相兼顾，渭水滇西两地牵。

2015年12月10日

题施甸一中书画展

一抹朝霞耀半空，中天冬日更多情。
画山吟水青春志，展艺舒才名校风。

2015年12月9日

和朋友俊明的《秋景》

秋霜着意写辉煌，落叶沙沙愁断肠。
遥望乡关千万里，沉思浊泪两三行。

2015年12月5日

周末加班不得去腾冲

墨岭云飞淡似烟，青枝雨洗净如鲜。
人无睡意难行远，心有期希径向前。

2015年12月5日

题终南山照片

枯枝败叶话苍凉，地阔天高似画廊。
满目群山皆墨色，一湾碧水戏骄阳。

2015年11月27日

观初冬校园照有感

甲子双轮岁月匆，西风落叶亦从容。
青春圣地情依处，再创辉煌待后生。

2015年11月26日

过戒月庵闲思

月上东山日欲沉，只身健步入山村。
秋风落叶荷塘静，碧水流光夜幕深。
戒院森森和月色，庵门紧闭拒闲人。
清心莫问俗家事，觉悟当思万物真。

2015年11月24日

闲品施甸

施甸离天近，临冬午不寒。
朝霞随雾上，落日伴霞眠。
夜暮闲观月，天晴静看山。
逢席都有酒，见面便发烟。

2015年11月22日

随行摆榔记

乡路弯弯到摆榔，青山绿水好风光。
齐心协力脱贫困，万众一心奔小康。

2015年11月21日

劝慰观秋叶不见

梧桐落叶已无踪，莫怨西风肆虐中。
待到明年行起早，长亭漫步伴秋风。

2015年11月20日

无题闲思

人生莫要太求安，随性由心莫过谦。
历史无须多眷恋，人人都在谱诗篇。

2015年11月20日

和锁强兄

瑟瑟秋风落叶中，悠悠枯木刺苍穹。
无人荒野谁能走，当属贤能锁強兄。

2015年11月20日

秋日闲思

西风夜雨送秋凉，微信刷屏尽故乡。
渭水涛声依旧否？灞桥杨柳感怀伤！
菊香淡淡幽入梦，落叶悠悠静断肠。
疑是梧桐窗外唤，抬头遥望路茫茫。

2015年11月19日

题张凯频微信照片

跋山涉水并非游，责任在身壮志酬。
推进开发为社稷，精心谋划解国忧。

2015年11月18日

题校园雨后秋色照

秋雨萧萧落叶飘，斑斓色彩雨后娇。
犹思干道参天树，更爱东园水映桥。

2015年11月18日

聚餐马如龙鱼庄

碧水白云里，崇山峻岭中。
鱼庄闲斗酒，店主马如龙。
日落乡村远，风清夜暮空。
姚阳[1]兄妹在，谈笑更轻松。

2015年11月17日

① 姚指姚关镇，阳指旬阳镇。

坝上闲吟

陌岭秋云静，炊烟伴日升。
晨曦驱寒去，坝野有人行。

2015年11月17日

题夫人院中秋色照片

秋风秋色伴愁容，一夜霜枝半着红。
庭院幽深争烂漫，蓝天寂静悟空暝。

2015年11月16日

健步乌邑东岳庙

骄阳似火不觉秋，树叶斑斓景色幽。
古木参天东岳庙，观音普度坐莲楼。
云飞鸟啭清风里，树静草深碧水流。
历历山川遮望眼，悠悠陌野尽情游。

2015年11月15日

老妪吟

虚长八十又挂三，头昏不慎倒街边。
醒来只有医生在，去后阎王又放还。
无故行人常怜我？有缘儿女又添烦。
残年老妪何足念，其实人道胜于钱。

2015年11月10日

寄语朱兄

半生游荡半生忙，宝塔南湖两处房。
旭日清风相伴晚，斜阳暮雨莫凄凉。
有福不享空含恨，无事闲操自感伤。
秋叶春花皆是景，儿孙隔海又何妨。

2015年11月2日

题夫人唐苑秋日照片

秋色迷人看帝都，皇家已去禁门无。
亭台楼阁依石趣，碧水清波落叶浮。

2015年10月30日

访甸头随感

甸头虽近绕山行，百步一弯路不平。
陌野云飞闻犬吠，山村日照扰鸡鸣。
荒坡广阔无名木，沟谷狭长有稚声。
若是情深言恨处，莫谈自治靠贤能。

2015年10月28日

题夫人秋日照

霜叶纷纷落覆径，蓝天偶见探星空。
滇西到处青山绿，故里庭前秋意浓。

2015年10月26日

题夫人雨后秋景照

雨打疏桐落叶飘，阶前信步是家猫。
枝头墨绿难常驻，人间美景亦妖娆。

2015年10月25日

登施甸西山朝阳寺

无端早起上西山，一抹祥云背后嵌。
政府扶贫宗旨正，佛陀普度安虚偏。

2015年10月24日

踏莎行·异域重阳

异域他乡，晨曦夜暮，扶贫挂职孤身住。
白云静静软如棉，青山险峻崎岖路。

今日重阳，馨香祷祝，安康幸福情如故。
齐心协力创新风，生活富裕邻和睦。

2015年10月21日

记重阳节赴勒平村联欢

眼望平川背靠山，乡间袅袅是炊烟。
重阳乐舞翩翩起，富裕欢歌代代传。

2015年10月21日

响水凹观残阳暮色闲思

残阳似血月如弓，树影山姿暮色中。
碧水清风行有路，霓虹夜景静无声。
闲思不解人情冷，体悟方知万事空。
欲试熬鹰需定力，竭心尽力莫贪功。

2015年10月16日

章台柳·客旅闲思

家乡美，家乡美！树映清溪鱼戏水。

小桥情牵细雨飞，夜来托梦家书贵。

2015年10月13日

桂殿秋·品别离

秋雨阻，误航期。兰亭[1]夜宿品别离。
梧桐掩映高楼静，借酒传情两眼眯。

2015年10月9日

① 返程回村昆明误机，思校园而记之。兰亭为酒店名。

桂殿秋·孤夜思

居小镇[①]，夜添衣。阑珊暮色雨凄凄。
山村诸事应如愿，老友心情可胜昔？

2015年10月9日

再别校园

回来没几天，就又要离开。
回来没多久，就又要说走。
离别前，来看你一眼。
这一去，不知是几天。
来去匆匆，郁郁葱葱！
村里有事正忙，校园无声紧张。
我言：不慌，不慌。

2015年10月7日

① 返程回村昆明误机，思村务而记之。小镇为机场旁的长水镇。

步韵《重读李杜集心得》

看似无心却有心，篇篇字字用情真。
闲来无事常吟诵，梦里得来偶叹神。
范式当随文笔老，新词莫忘内容深。
如今李杜能择拒，必定甘心睡旧坟。

2015年10月6日

桂殿秋·贺喜

参加同学之女王蓉乐新婚答谢宴，特填词以贺之。其祖籍陕西宝鸡凤翔，相传秦穆公之女弄玉善于吹笛，引来善于吹箫的华山隐士箫史，知音相遇，终成眷属，后乘凤凰飞翔而去，故唐时取此意更名凤翔。

秋色里，唐乐宫。张灯结彩宴宾朋。
和谐比翼同甘苦，幸福笛箫引凤鸣。

2015年10月4日

钗头凤·秋怨

明月怨，清风乱。可怜秋叶黄超半。池水漾，凭栏望。寂寞孤亭，丽人惆怅。恙！恙！恙！

长路远，车行慢。任凭无奈声声唤。秋暮降，饥肠荡。点点萤虫，夜空流浪。望！望！望！

2015年10月2日

登乐游原闲思

秋色上枝头，登塬探古幽。
残垣昭盛世，落日沐新楼。
开放添活力，裹足有近愁。
遥思情寄远，假日亦无休。

2015年10月1日

一叶落·步原韵和锁强兄

月影落，苍空阔。
此时陌野尽秋色。
曲高自寡和，竹风穿堂过。
穿堂过，硕果枝头乐。

2015年10月1日

乙未羊年国庆闲记

（一）

乙未年中两地游，滇山渭水写春秋。
金秋气爽迎国庆，丝路高歌竞风流。

（二）

久雨阴云今日晴，冷风丽日午时行。
满街结彩迎国庆，笑脸携亲享太平。

2015年10月1日

乙未中秋赋

乙未中秋有不同，情牵两地梦圆中。
滇云静静邀明月，秦月娇羞隐夜空。

2015年9月27日

秦山邀月

别后重逢夜已凉，秦山渭水雾茫茫。
喧嚣街市人流滞，宁静霓虹树影长。
细雨朦胧山色美，清溪欢乐水声扬。
有风无月一杯酒，云路轻车两日狂。

2015年9月27日

雨中游施甸朝阳寺

佛音缭绕半山间，云雾缠绵婉似仙。
淫雨连连山路窄，稀泥软软草毡宽。
回眸坝上空暝远，驻步云端野果繁。
借问乡邻何处近，急答坡陡雨行难。

2015年9月20日

贺“重跑西迁路”圆满结束

甲子回眸两鬓花，弦歌高唱誉中华。
齐心共筑中国梦，协力再争丝路佳。

2015年9月19日

施甸淫雨闲思

青山隐隐雾悠悠，淫雨霏霏客旅愁。
周末寒食空院落，独身夜暮守云楼。
西迁重跑长安聚，坝上人家灯火休。
若是扶贫循旧路，千般辛苦付东流。

2015年9月20日

题庞政委故乡照片

故里天高绿水长，纤云弄巧即呈祥。
飘来过去阳光雨，腾起落回静夜霜。

2015年9月19日

暮登西山拜访朝阳寺

昨日西山带暮归，竹林掩映寺门危。
天边云影多奇幻，坝上人间少盛威。
蝉噤无声秋夜静，月残有意冷风吹。
相约早起迎新日，莫误朝阳短暂晖。

2015年9月19日

夜雨心思

初秋夜雨急，早起上河堤。
雾笼青山静，人行两脚泥。
滔滔河水去，默默吾心怡。
偶见行匆者，担筐赶市集。

2015年9月13日

教师节与施甸同行共勉

清贫不坠凌云志，盛世当思万代基。
天地之间留正气，课堂内外敢为师。

2015年9月10日

耍酒闲谈

松露琼浆千日粮，阑珊灯火夜彷徨。
闲谈执嘴[1]没什法，酒醒方知在异乡。

2015年9月10日

悼别英村幼儿园园长苏湖之父

苏翁驾鹤向西行，留在人间是美名。
幽谷擎松披月静，青莲出水映日红。

2015年9月3日

---

① 执嘴，吹牛、说大话；什法，样子。

施甸的山

施甸的山，
伟岸又缠绵。
伟岸的是身姿，
缠绵的是容颜。
我行走在山巅，
与白云结伴，
与清风唠闲。

施甸的山，
神秘又坦然。
神秘的是幽谷，
坦然的是情怀。
我投身于山峦，
与泉水对话，
与山雨狂欢。

2015年9月1日

施甸的云

你是，
蓝天的精灵。
背负着骄阳，
滋荫坝上众生。
你是，
忠诚的哨兵。
涂抹着黑脸，
预报人间汛情。
你是，
清风的倩影。
舞动着纱裙，
装点寂寞星空。
你是，
落日的心声。
灿烂着余晖，
挽留过去旧情。
你是，
晨曦的画屏。
舒展着身姿，
伴随未来行程。

2015年8月29日

响水凹夜暮下闲思

坐看夕阳退，行深暮色苍。
他乡山水美，故里桂花香。
遥望三千里，回眸整月长。
闲谈都是事，件件可文章。

2015年8月28日

施甸的风

施甸的风，
温柔而轻盈。
夜里，轻抚着纱帐，
偎依在我的梦中。

施甸的风，
无影又无踪。
雨前，轻摇着树叶，
摇落了月，摇睡了星。

施甸的风，
来去皆匆匆。
清晨，托浮着白云，
伴随着我的出行

2015年8月27日

健步遇太阳雨

出门健步雨湿鬓，晚照斜阳暮色侵。
乱渡残云遮陌路，彩虹一抹唤童心。

2015年8月27日

施甸的雨

施甸的雨
总是静悄悄地来。
若不是你踩疼了树叶，
我还不会发现。

施甸的雨，
总是从西边来。
若不是乌云爬过了山头，
我还不会相信。
施甸的雨，
总是趁夜而来。
若不是我中间苏醒，
我还不会知道。
施甸的雨，
总是说来就来。
若不是我出门带着伞，
不知道多少次被你戏玩。

2015年8月27日

健步偶入西山村

南端坝尽上西山，远望白云坝上翻。
一路清风拂面净，白墙小巷画言欢。
村风民俗尊先圣，绿水青山佐丰年。
踏入此间疑是梦，林深日暮亦留恋。

2015年8月25日

踏莎行·乌邑小住

朝阳缓缓，青山碧绿，凭窗远眺云深处。
河堤两岸静无声，莲池落雁盘旋去。

乌邑村中，结缘小住，脱贫岂是平常路？
山村欲雨起风雷，人思进取方得助。

2015年8月25日

周末处暑闲思

秋夜天凉静，边陲雾雨连。
随心山寨隐，着意坝堤残。
米酒微醺醉，竹竿泛水烟。
情思行近月，遥望路三千。

2015年8月23日

施甸闲思

天边云雨锁崇山，坝上平川袅袅烟。
古道悠悠穿峻岭，桐溪潺潺绕荷田。
民风纯朴方言重，观念安适地域偏。
若是无风吹大地，难能彻底换新颜。

2015年8月18日

考察施甸茶马古道

民间流传“申家铺，罗家路，三块石上靠得住”。说路是罗家修的，而沿途最大的店铺是申家的。三块石后边有座庙，据说来往客商都要在此歇歇脚，在三块石上坐一坐不仅解乏且祛病。

古道悠然睡，山林寂寞深。
沿途寻旧迹，逆水望新云。
茶马铜铃远，罗申故事真。
辉煌难再现，幽谷待来人。

2015年8月15日

山村晨景

寂静山村美，炊烟绕树深。
青青云岭阔，缓缓水流沉。

2015年8月15日

乌邑抢险

暴雨成灾水下山，山村历险夜无眠。
组织自救排洪险，责任担当走在先。

2015年8月11日

新婚贺喜

呈祥龙凤落佳坡，恩爱夫妻喜乐多。
云雨清风齐道贺，贤妻良母孝公婆。

2015年8月19日

火把节

火把熊熊照夜空，遥闻山寨起歌声。
不知长者行何意，但有孩童道礼成。

2015年8月9日

周末闲思

昨日乡官说要来，召集三委坦诚谈。
言及具体皆无解，议论营销思路开。
施甸人人多好客，风俗处处亦藏哀。
思维开放通天下，互利双赢筑舞台。

2015年8月9日

考察雷打树村有感并赠支书杨国标

车出施甸过姚关，一路盘旋再向南。
树木成林恩后世，果蔬基地步前贤。
钟情乡野心不动，舍己为人气宇轩。
欲写青春云海里，发家致富敢争先。

2015年8月6日

乌邑村小记

坝[1]南三面山，石鼓[2]卧中间。
果树涂崖翠，桐溪伴路弯。
莲池接碧野，云雾绕青山。
乌邑[3]迎朝日，松林[4]送晚烟。

2015年8月6日

闲聊野山菌贩运有感

夜雨清风起，晨曦雾绕山。
林深藏宝物，客至佐佳餐。
欲采当行早，换钱全靠缘。
城中能品鉴，最快亦隔天。

2015年8月5日

---

① 坝，两山间的平原。
② 石鼓，山名。
③ 乌邑，村名。
④ 松林，指松林脚村。乌邑依山面东，松林脚依山面西。

乌邑村上班有感

一片乌云一阵雨，半腰薄雾半边晴。
登临石鼓山巅望，环顾村庄绿影中。
闲叙乡情人未老，言及孤苦目含情。
扶贫岂是书生事？自视才能皆落空。

2015年8月4日

随王副书记去袁家村

跟随书记下乡行，查访村中雨后情。
雾笼青山山影动，云飞幽谷谷生风。

2015年7月31日

到镇进村报到

一渠碧水坝中穿，两岸青山薄雾间。
早起依窗惊叹好，日行进驻便知难。

2015年7月30日

夜入施甸

航班晚点落山间，夏雨稀疏略带寒。
米酒一壶人未醉，长谈夜半志犹坚。

2015年7月28日

整装待发施甸有感

整理行装静待发，妻儿笑我两鬓花。
秦风未改青春梦，滇雨能兴暮际霞。
助力乡村亲怒水，追逐理想爱中华。
深知此去征途远，陌野独行勿恋家。

2015年7月29日

赴云南施甸临行自勉

平生几度去云南，走马观花五彩间。
洱海苍山侠影远，滇池苗寨客身闲。
有缘漫步穷山里，莫惧栖息恶水边。
他日扶贫成效好，云端煮酒谝闲传。

2015年7月28日

赴施甸前与领导餐叙

滇南此去路茫茫，杯酒殷殷问道详。
五彩云霞天际远，一腔热血水流长。
苍山洱海松风劲，怒水边陲遗迹荒。
但愿民心思进取，淡泊名利莫彷徨。

2015年7月23日

离别壮行

你我皆怀梦，时常夜里逢。
机缘难尽美，羁绊缓言情。
明日人将远，今宵酒壮行。
虽说责任重，未敢慕虚名。

2015年7月22日

久雨日新

久雨日出新，晨曦伴雾晕。
偷闲行步缓，寄远落情深。
碌碌花间事，昏昏酒肉人。
无为亲陌野，甘愿汗淋淋。

2015年7月1日

恭贺《唐都学刊》创刊三十周年

唐诗汉赋咏华年，都邑长安盛世还。
学海无涯寻旧梦，刊研不辍谱新篇。

2015年6月29日

泾河大峡谷游记

泾河源自六盘山，峡谷清流润秦川。
昔日郑国兴水利，今朝百姓享丰年。
峥嵘谷道沧桑在，秀美平原瓜果繁。
恶水并非皆是害，全凭顺势驭龙轩。

2015年6月20日

报名扶贫闲记

两天三对面，须叟定行程。
施甸扶贫去，人生挑战中。
跳出三界外，返璞看纷争。
僻野穷乡地，狂风骤雨声。

2015年6月19日

赏打碗花[1]闲吟

芳菲落尽绿荫浓，偶见旋花翘首中。
夜露依稀犹带泪，朝阳婉转似含情。
无边碧草风吹乱，有岸人生欲难平。
每每身乏空叹累，时时自省悔应承。

2015年6月15日

老来狂

五十近五，报名驻村扶贫，多有不解。

人生半百间，何惧再发癫。
任性随心走，从容逐水玩。

2015年6月12日

① 打碗花，又名旋花，常与牵牛花相混。

闲谈俯仰之道

因朋友感慨面对领导和群众而作。

俯仰两无心，何须太认真。
清溪流水静，野草溢香芬。

2015年6月13日

题“孤独”组照

春光落寞萼蒂黄，晚绽花枝暗溢香。
陌野闲云图自在，残荷绿水妄牵肠。

2015年6月12日

莫待行时晚

健步乐游原，联系到今日自荐去施甸扶贫，特以诗抒情并记之。

日日混如常，天天事碌忙。
闲云接陌路，桥影入池塘。
葱葱荫夏绿，淡淡落夕阳。
若待行时晚，空怀志满腔。
无为随性去，何必算周详。

2015年6月11日

健步闲思

日暮霞光万丈晖，何须哀怨叹言微。
江湖名累贪无厌，俗世情牵幻当真。
乳燕盘旋闲似静，独身健步快如飞。
人说世事多木乱，我看人生自在亲。

2015年6月9日

闲游白鹿塬

萋萋夏草掩亭台，陌野山花绚烂开。
白鹿塬边寻路去，葡萄架下赏花来。
金黄麦浪随风起，墨绿终南揽入怀。
琐事一堆身后放，闲游半日解心霾。

2015年6月7日

航班取消宿北京顺义怡生园

昨日航班被叫停，随行顺义宿怡生。
晨曦静远霞铺路，野径清幽柳戏风。
碧水悠悠荷叶软，残花默默绿荫浓。
应识福祸相依伴，莫叹人生聚散空。

2015年6月6日

报告后返程航班取消滞留

京城宣讲后，暮雨伴归程。
机场霞光照，航班被告停。
三更歇顺义，明日补班行。
不怨身心惫，当惜命有生。

2015年6月5日

夏日雨后闲思

上级来校考查级领导，参会早到周边闲转并拟诗留存。

夏雨连连夜，晨风冷冷清。
楼高云漫漫，树密雾蒙蒙。
庭院松枝健，林间嫩果生。
殷殷情意重，默默待秋丰。

2015年6月4日

论文写作报告提纲

存在问题

立论不稳强戴冠，论述空泛飘欲仙。
主题无关思路断，逻辑混乱强凑篇。
方案设计欠周全，数据分析少匡言。
概念不清理据偏，无视读者自周旋。
新瓶旧药不沾边，无病呻吟费资源。

写作方法

浅阅读，深思考，举一反三没烦恼。
先立题，再循证，逻辑推理结论定。
概念清，语无病，具体充分莫空洞。
格式端，层次明，看着顺眼读着通。

2015年6月1日

上班路上闲吟

夜雨生晨雾，临窗鸟唤急。
萋萋芳草碧，静静远山弥。
岁月随风去，韶华伴日稀。
匆匆足下路，唯恐误约期。

2015年6月3日

雨夜闲吟

入夜，忽然凉风拂面，电闪雷鸣。雨，时紧时缓，持续了一个多小时后，又是乱云飞渡，明月悬空。

清风拂面乱云兴，夜雨忽来雷电中。
细品茗茶独看景，闲邀明月半悬空。

2015年5月30日

携友散游终南山

携友西安郊野游，随心所欲探荒沟。
无名峪口层林碧，得道经台小径幽。
绿掩清流听鸟叫，风吹竹影忘心忧。
相约他日来相伴，云卷云舒享静修。

2015年5月26日

游城南宣帝陵

孝宣皇帝刘询曾经襁褓牢狱之灾并沦落民间，即位后体恤民情，励精图治，年号“本始”，史称“孝宣中兴”。宣帝陵位于现西安南郊杜陵的密林之中，内有秦砖汉瓦博物馆、农家乐和拓展训练营。

周日杜陵拜帝君，芳菲落尽夏荫深。
牢灾沦落知民苦，本始开明万世尊。
汉瓦秦砖博物馆，苍松翠柳快活林。
登高远望长安在，往事回眸片片云。

2015年5月24日

雨后游乐游原

雨后乐游原，云开落日闲。
登高临胜地，极目向天边。
乳燕低飞过，乌云又复还。
忽然识小满，籽粒灌浆欢。

2015年5月21日

应邀加入“乡村田园生活会”记

广辉将我拉入微信圈，高人云集未敢发言，特留言以记之。

夏绿茵茵已掩春，无心漫步到乡村。
田园艺术高人在，山野丹崖冒昧临。

2015年5月19日

佛缘艺海

佛缘广布慈悲见，艺海扬帆自在行。
融会禅思终有悟，通今博古便能兴。

2015年5月19日

题单雄伟“画意摄影”

清风绿柳静如流，水影闲云景色幽。
最爱山翁垂钓处，和拥细雨任鱼游。

2015年5月17日

五月周末校园

五月榴花艳，林荫密蔽天。
清风拂面过，翠鸟绕人喧。

2015年5月17日

游咸阳渭滨湖

渭水随风漾，白鸥费力翔。
清风疏岸柳，夏绿沐骄阳。
静静思秦帝，悠悠望汉唐。
偷闲湖畔坐，放眼是楼房。

2015年5月16日

路过咸阳闲记

初夏过咸阳，天高渭水凉。
清风亲柳岸，碧水满河塘。
残红优雅在，古邑旧情长。
西咸一体化，协力筑辉煌。

2015年5月16日

沣西新址游记

沙河遗迹古桥西，北去沣河改道移。
西渭涛声依旧在，镐沣古韵待时机。
宜居城镇创新港，智慧学园临绿堤。
健步穿村来探望，云闲水碧草萋萋。

2015年5月16日

禅心榴影

昨日邻帮印度总理默迪来访西安，恰逢初夏榴花盛开，习主席陪同游览大慈恩寺、大兴善寺，寓意深远。早起拟文记之。

春芳遁匿静无声，早起窗前翠鸟鸣。
绿掩榴花红似火，荫遮曲径爽如风。
佛乡客至常怀旧，东土善兴再叙情。
丝路重开虚若谷，禅心共建促双赢。

2015年5月15日

报平安

体弱莫贪凉，当心脾胃伤。
阴晴多变幻，冷暖少张狂。
经历一番苦，得来半个方。
人间情意重，感谢众同乡。

2015年5月11日

腹痛闲吟

腹痛夜熬煎，疑寒亦或炎?
生姜糖泡水，热宝复膏丸。
半片驱疼药，一眠到午间。
早知清醒累，何必梦中还。

2015年5月10日

格律诗创作体会赠曹兄

首句平当韵，逢双韵宜平。
三七言末仄，字意忌偏生。
若是求规整，粘则能定型。
虚实兴赋比，景物理思情。

2015年5月10日

绕道雁塔去听课

特意乘车绕道行，慈恩古刹沐晨风。
时晴时雨值初夏，边走边玩忌老成。
莫恋春华夺目艳，当亲夏绿起帷屏。
人生短暂空追忆，四季轮回总有情。

2015年5月8日

公交开会

误坐公交雁塔西，回身健步赴约期。
闲云蔽日晨风里，赶路无心取相机。

2015年5月7日

立夏散记

时值立夏叶青葱，蔽日林荫化暑风。
落尽繁花枝坐果，平添豪气性难平。
云游莫待经霜色，创业无需羡后生。
早起军区学马列，公交健步亦从容。

2015年5月6日

假日暮登乐游原

樱花落尽牡丹衰，芍药蔷薇夺目开。
日暮霞飞夕照晚，云沉影静燕归来。
匆匆健步穿新绿，默默闲思绕旧台。
莫道加班行未远，登塬吊古亦释怀。

2015年5月3日

桂殿秋·暮吟槐花

洁似玉，饱如珠。清香四溢绕平湖。

夕阳溢彩终归去，夏绿成荫百花枯。

2015年4月29日

桂殿秋·遥祭

春陌远，路森森。残红落尽夏林深。

凭栏默默遥相祭，暗借晨曦慰娘亲。

2015年4月28日

春深槐花开

残红夜雨春归去，绿叶青葱夏欲来。
一缕清香忽醒脑，几株槐树已花开。

2015年4月27日

狂风骤雨后

骤雨狂风起，摧枯拉朽声。
春雷清脆唤，夏绿倾身应。
地下流浊水，天边现彩虹。
风云多变幻，生死两无情。

2015年4月29日

古城深春闲吟

万里晴空万物新，古城四月已春深。
残红夜雨涂胭脂，绿柳晨风舞苑门。
岁岁年年迎四季，年年岁岁祭亡魂。
赏春莫待花枝老，做事无需问路人。

2015年4月22日

《职院学报》创刊寄语

夜雨晨风旭日升，繁花落尽叶青葱。
勤耕莫待桑榆晚，精进能攀万仞峰。

2015年4月21日

夜雨落英

夜雨潇潇洗翠屏，花开花落静无声。
残红带泪从容去，垂柳临风挽绿兴。
昨日喧嚣花烂漫，今朝肃穆叶青葱。
人生没有千般好，世上难寻百日红。

2015年4月19日

雨后晨游校园

残英滞水流，嫩叶可识愁。
西苑花含泪，东亭径静幽。
乌云飞蔽日，绿柳乱摇头。
鸟啭高枝上，人闲自在游。

2015年4月19日

周末加班路上闲吟

岁月匆匆过，残英落去轻。
远山云漫漫，足下草青青。
周末天阴雨，如常校园行。
采撷花两朵，伴我品茶茗。

2015年4月18日

校园咏牡丹

牡丹仙子舞翩翩，落落大方临校园。
姹紫嫣红思烂漫，清香四溢忘忧烦。
风和日丽樱花好，水碧天蓝柳絮绵。
预祝前程花似锦，今宵更要伴花眠。

2015年4月17日

贺《金属加工》创刊六十周年

金光闪烁六十年，属下精英首领贤。
加冕曾经多少次，工精不坠续新篇。

2015年4月15日

戏说毕氏饭局

短暂人生且慢行，天黑夜静有贼风。
星光大道只为乐，戏曲弦音莫乱哼。

2015年4月13日

题朋友品枸杞茶照

空杯容万境，茶里见真如。
古厚空中荡，青春火舞出。

2015年4月12日

题校园春枫

（一）

纤枝嫩叶素无华，偏向花间争艳发。
不借秋霜夺羡目，敢着春色赛朝霞。

（二）

赤子之心未必言，春枫默默展霜颜。
繁花烂漫七八日，红叶无争多半年。

2015年4月12日

日暮伤春

日暮西山外，霞飞楼宇间。
穿行杨柳道，路过牡丹园。
碧水悠悠静，白云淡淡闲。
怜惜春日短，避见落英残。

2015年4月12日

乙未春题西安城头日落

城头落日挂天空，血色残云变幻中。
盛世依稀不是梦，旌旗摇曳汉唐风。

2015年4月10日

校庆日闲吟

久雨初晴四月八，清晨早起去观花。
樱花怒放迎宾客，柳絮飞扬送晚霞。
富贵牡丹羞面俏，蓬勃野草竞相发。
同窗校友归来庆，祝愿征途再创佳。

2015年4月8日

清明节感怀

今日清明节，愿逝者安息，生者珍惜！
寄相思、望春归，阴雨暗伤魂。

柳舞连阴雨，芊枝掩旧碑。
时时花带泪，处处水漂灰。
每到清明祭，方知名利微。
茵茵芳草地，默默沐春晖。

2015年4月5日

无题闲吟

樱花怒放又逢春，相遇皆为旧日亲。
莫问今朝谋后事，戏说半夜醉翻门。

2015年3月31日

捣练子·春日霞飞

春雨后，暖风吹。日暮霞飞倦鸟归。

争艳桃花花似锦，依依绿柳雾如晖。

2015年3月31日

一计偶得

桃红柳绿正当期，淫雨淅淅花泪滴。
一计偶得心窃喜，三言记下待时机。

2015年3月24日

报告有感

二月春风绿柳枝，犹闻翠鸟唱新词。
残身乏有躬耕力，陋语恭呈引鉴思。

2015年3月22日

编辑苦乐

文稿初读火气来，几多晦涩义难猜。
无私编者精心改，有义书生笑眼开。
表述清晰非小事，传播有效是真才。
为人作嫁常达旦，乐在其中筑将台。

2015年3月17日

春日霾重

春风强吻花枝艳，绿浪轻摇柳色新。
周末踏青霾雾重，塬边绕路巷街深。
人言现代繁华好，我慕山间朴素真。
他日辞职归陌野，朝迎旭日醉黄昏。

2015年3月15日

云杉捐植题记

秦岭云杉气宇轩，凌风负雪自安然。
西迁创业曾为范，丝路重开再领先。
莫叹征途行路远，当知万里举足难。
百年交大雄风起，古韵长安盛世还。

2015年3月14日

点绛唇·双甲子寄语

甲子双轮，飞花落叶轻声唤。
浦江土沃，根脉绵不断。

渭水河宽，枝冠荫无限。
言壮志，任凭风雨，霜后花争艳。

2015年3月14日

捐植云杉记文

云杉，拉丁学名Picea asperata Mast，松科云杉属，原产陕西西南部、甘肃东部及白龙江流域等地，为中国特有树种。云杉树干高大通直，树形伟岸挺拔，习性耐寒不凋。南朝范云诗赞：“凌风知劲节，负雪见贞心。”

适逢西安交通大学建校一百二十周年暨迁校六十周年之际，陕西省林业厅“感念西迁贡献、辅翼学校发展”，特自海拔两千四百多米的秦岭山中精选十二棵云衫，分植于西安交通大学兴庆校区南门、1200教室东侧和雁塔校区北门，并有惠辞：丝路庠序树英华，杏坛云衫追风雅。谨此铭记。

2015年3月13日

谁知我亦烦

柳雾如烟起，花枝似火燃。
海棠初爆蕾，野草已无眠。
我叹云杉苦，谁知我亦烦？①
匆匆一日过，健步探春玩。

2015年3月12日

① 野生云杉移植校园叹有不适应之苦，其实我也不适应。

步原韵和俊民兄“乐游原”

青龙寺里话青龙，信步园中吟唱轻。
争艳春花闲映日，初黄嫩柳乱随风。
禅心似水弘佛法，世事如烟忆祖庭。
遥望南山霾雾重，回行塬下又匆匆。

2015年3月9日

加班中间探春

柳绿纤枝满目新，花红映日更缤纷。
闲寻静处清风软，忙困午时脑袋晕。

2015年3月7日

园中闲游

枯枝暮色中，皎月挂苍穹。
落日余晖尽，飞机尾迹轻。
蓝天高静远，御苑冷清空。
绕路回家去，春花绽笑迎。

2015年3月2日

早春晨色

柳丝如瀑掩城垣，嫩绿新芽缀玉栏。
二月桃符添景色，一轮旭日耀人间。

2015年3月1日

落日映月

碧水蓝天静，层云落日闲。
疏枝摇朗月，嫩绿缀珠帘。
乍暖花开早，犹寒雨雪间。
加班周末后，健步去公园。

2015年2月28日

校园早春

柳雾闲云静，高墙大院深。
清风拂碧水，绿叶沐朝晖。
默默新年始，匆匆假日归。
红梅含笑赞，野草静怀春。

2015年2月26日

早春加班闲思

小雪零星舔面颊，时辰不误柳发芽。
风清树静听心语，水冷楼空品热茶。

2015年2月23日

初五公园健步

悠悠碧水柳丝新，绿蒂梅花喜报春。
树挂灯幡添重彩，云携落日洒余晖。
校园寂静人头少，马路喧嚣市道欣。
四季风光何处美，初临正月最牵魂。

2015年2月23日

南国归来

南国绿意浓，西部尚残冬。
落叶归根静，西风肆虐狰。

2015年2月22日

读朋友油画《桃花源》有感

桃源总近山，岂似在人间？
但愿陪山老，相依枕垄眠。

2015年2月19日

出发广州

腊月二十三，除尘祭灶仙。
舷窗含旭日，云海渡飞船。
渭水朝辞故，珠江午聚餐。
未羊催马去，岁末始游年。

2015年2月11日

游兰圃及越秀公园

信步路边行，繁枝似绿屏。
兰园新绽蕊，越秀已结灯。[1]
野草羞传意，茶花怒放情。
南国春到早，客旅在途中。

2015年2月11日

阳江游海陵岛二首

（一）

晨曦相伴到阳江，满目青葱似画廊。
豆豉名扬千万里，菜刀盛誉九州商。
闸坡海景匆匆过，米酒清香慢慢尝。
沐浴阳光心境好，支烟缭绕梦天堂。

（二）

粤运[1]乘车到海陵，闸坡小镇是终停。
长滩十里黄沙美，马尾一湾落日红。
丝路扬帆天际远，渔村船泊岸边行。
匆匆造访匆匆去，明日筹谋再续程。

2015年2月12日

① 兰园指兰圃公园，越秀指越秀公园。
② 粤运指粤运汽车站；丝路指海上丝绸之路博物馆收藏的南海1号宋船。

海陵岛宋船餐厅

一壶浊酒半斤多，海味清蒸伴酒喝。
海浪淘沙惊醉梦，阳光照耀暖心窝！

2015年2月12日

游金山森林公园

嘉悦出门径向东，金山有路自攀登。
红灯高挂迎风展，旭日银晖入水轻。
健步林间留不返，随拍美景印心中。
漠阳江水逢春暖，豆豉钢刀享美名。

2015年2月13日

夜临湛江

午后湛江行，临城已掌灯。
霞山车站到，客栈海边迎。[①]
拂面腥风冷，霓光夜色朦。
匆匆游旅路，处处解风情。

2015年2月13日

---

① 霞山为湛江区名；海旗为酒店名。

初临游观海长廊

观海长廊近，凭窗看海滩。
云深天亮晚，潮落鸟盘旋。
徒步独行缓，临风远望闲。
偷拍听鸟语，静坐觉潮寒。

2015年2月14日

游湖光岩

雾里湖光多倩影，闲飘细雨送清风。
单车慢道环行远，碧水黄沙逐浪平。
地震残存成胜景，佛缘静起诵经声。
长廊日暮情人老，大树灯红海浪轻。

2015年2月14日

早起闲思

天低欲雨腥风起，雾锁苍空日未归。
潮落如期追日去，白鸥聚散漫天飞。
朝朝暮暮轮回转，岁岁年年是或非。
昨日情深今日喜，东南路远莫相催。

2015年2月15日

游硇州岛

东南有码头，轮渡去硇州。
信步渔村走，摩的绕岛游。
崖边灯塔老，海岸细沙流。
留影岩石下，回眸送客舟。

2015年2月15日

夜暮观景品茶

树静夜无风，滔滔海浪声。
海旗临海住，微信网聊中。
茶点台前品，霓虹树下明。
凭窗观路景，惬意又从容。

2015年2月15日

游特呈岛

港湾巴士始开通[①]，优惠特呈岛上行。
望海楼家吃海味，护滩红树映苍穹。
火石绿藻连相衬，碧海蓝天极目空。
游荡湛江三日整，一湖两岛路边灯。

2015年2月16日

---

① 港湾巴士公司新开通了水上巴士，2月13日开通，时逢连续三日优惠——返程费。火石指火山石。

观海长廊漫步

夜雨起空蒙，花开露水凝。
天边云影动，海面远舟轻。
潮退白鸥聚，滩涂动物惊。
朝来观海景，默默待霞兴。

2015年2月16日

初临雷州

启自街边站，车行近午间。
洪都歇脚处，窗外闹喧天。
米酒一杯半，烧鹅作正餐。
不通当地语，倍感地荒蛮。

2015年2月17日

游雷州古城

天南重地古雷州，一路奔波脚未休。
古塔悠悠堪砥柱，夕阳漫漫照城楼。
曲街漫步寻尘迹，禅寺途经享静幽。
似水人潮街上闹，如荼彩带树枝流。

2015年2月17日

贺微信公众号开通

马踏祥云去，羊衔瑞草来。
春风吹绿树，碧水映亭台。
科技前途好，期刊乐在怀。
开通微信号，引领展雄才。

2015年2月17日

游雷州西湖

一湾碧水两边楼，西子提篮羞掉头。
绿树擎灯新气象，清波荡漾古雷州。
街边门落商家去，路上车驰似水流。
年夜团圆同守岁，几人如我异乡游？

2015年2月18日

新春祈福

马踏祥云携兽去，羊衔瑞草报春来。
三阳开泰熙风暖，四季躬耕美梦怀。
感念由衷情脉脉，相思无奈意徘徊。
阖家欢乐年年寿，万事遂心日日财。

2015年2月18日

除夕夜闲吟二首

（一）

一袋花生米，糊涂酒不欺。
雷州辞旧岁，四海共除夕。

（二）

大年开纳日，美景更清幽。
拜拜吉祥到，年年福运修。

2015年2月18日

早起去海安码头

初一一早便出门，细雨蒙蒙旗帜沉。
欲问行将何处去？雷州中转到徐闻。
海安轮渡开船否？海口春光眷慕深。
一路清风相伴送，闲游一对客乡人。

2015年2月19日

初临海口

轮渡雷琼海，登临海口湾。
椰风拂面软，晨雾锁堤栏。
万绿园中坐，乌云头上翻。
匆匆十日尽，回看已别年。

2015年2月19日

路途随感

徐闻市貌胜雷州，马路新修有雨沟。
雨后椰林青翠碧，街边店铺彩旗悠。

2015年2月19日

游万绿园

初一临海口，早起逛公园。
阵阵阳光雨，飘飘作业船。
茫茫天际远，淡淡暗香残。
乙未游年乐，千红映绿园。

2015年2月20日

游年小结

马尾系羊头，相携再粤游。
广州初布景，海口已行休。
小岛[1]风情野，雷州古巷幽。
朝来天欲雨，午后汗直流。

2015年2月20日

题朋友腊月秦岭访古寺

古寺平平两个僧，劈柴煮饭诵佛经。
漫天飞雪稀来客，悦耳佛音把你迎。
厌倦凡尘寻古寺，胸怀宇宙讨真经。
南山不远当天去，秦岭高深莫夜行。

2015年2月14日

① 小岛：此次游历了阳江的海陵岛和湛江的硇州岛、特呈岛和雷州半岛。

石韵：知足常乐

偶见精灵乐，谁知是乐何？
怀中只脚抱，岁月自弦歌。
看似蒸熊掌，闻如烤麦馍。
昏昏了入梦，唤酒不能喝。

2015年2月9日

假日闲记

正午暖融融，风来始见冬。
东亭闲漫步，假日不轻松。
规划求发展，改革争立功。
竭心能尽力，无愧面人生。

2015年2月6日

世博园探春

半冰半水半湖烟，一树一花一景观。
若问孤身何处在？世博园里享清闲。

2015年2月5日

枝头探春

春上枝头绽，人行碧水闲。
云飞天静远，日照影斑斓。

2015年2月5日

立春闲吟

正午时逢是立春，春来冬去自今分。
东风解冻残荷懒，丽日疏枝百鸟勤。

2015年2月4日

日暮校园行

残雪消融冻土松，春息涌动绿芽生。
枯枝败叶知天暖，夜暮擎灯伴月明。
墨海闲游思静远，校园健步赏冰凌。
悠悠岁月悠然过，静静时光静处听。

2015年2月1日

京城四日行

匆匆四日行，丽日照京城。
开会谋刊略，闲谈悟酒经。
新朋逐旧友，理想立国情。
夜暮西风劲，空灵私语轻。

2015年1月31日

进京闲思

初雪隆冬季近春，微风旭日日常新。
不知客旅他乡远，但愿朋临相聚亲。

2015年1月28日

劝后生

莫怨平台矮，当思使命担。
名门出贵子，逆境造英贤。
换位勤思考，谋生勿等闲。
时时需望远，处处忌贪婪。

2015年1月28日

岁月闲思

家贫常励志，人笨自先临。
力弱当思巧，身闲不怠心。
悠悠霞暮晚，漫漫路途深。
即使千般慧，难丢半日勤。

2015年1月10日

小寒随想

二九寒来渐入冬，无缘雨雪怨东风。
寝无规律一身病，季不分明百疫生。

2015年1月6日

新年闲思

千般苦厄始贪执，放下无为莫笑痴。
鸟羽无尘飞久远，鱼鳞有律顺流驰。
春花秋月晨曦暖，夏雨冬冰夜暮湿。
无奈人生终有死，无须郁郁费心思。

2015年1月3日

日暮登乐游原

登高望远送云霞，烟笼苍山万里涯。
月影随行及不到，风声入耳噪无暇。
人生自古难遂意，世事当前有誉嘉。
名利无求需尽力，岂能贻误好年华。

2015年1月1日

元旦寄情

旭日东方起，闲情笔下生。
枯枝仍似旧，覆水亦成冰。
方喜腊梅绽，欣闻鸟语声。
开窗迎丽日，振臂续征程。

2015年1月1日

岁末寄情

水映蓝天云静远，风摧残叶影阑珊。
光阴似箭匆匆去，岁月留痕隐隐怜。
情爱无关明月事，闲思总怨夜霜寒。
平安聚寿时时好，随遇惜缘处处宽。

2014年12月31日

再登乐游原

天暗雾霾低，枝枯落叶稀。
登临高阔处，望尽暮沉西。
旧岁无情去，新年有意期。
同为塬上客，老病付闲思。

2014年12月27日

一号院开会晚起闲吟

清晨早起靠床头，窗外霜枝静似钩。
庭院深深听训令，朝阳灿灿映高楼。

2014年12月22日

世博园闲游

寒水蓝天碧，风清落叶焦。
悠悠冰上塔，静静树旁桥。
岁末骄阳暖，林间草木萧。
偷闲云陌里，信步任逍遥。

2014年12月21日

题朋友品茶帖

朋友烹茗夜不眠，吾言茶道有时间。
餐前解腻能开胃，午后清肠命安然。

2014年12月19日

国家公祭

警钟阵阵破苍空，国难悠悠静默中。
公祭非因怀旧恨，复兴不忘睦邻宗。

2014年12月13日

贺西南交大学报创刊六十周年

甲子回眸转瞬间，悠悠岁月岂平凡？
唐山铁道承南北[①]，天府交通誉宇寰。
恭贺今朝传喜讯，殷期他日创名刊。
同源更愿同携手，路远齐心共克坚。

2014年11月25日

甲午初冬

冷雨初冬际，翻飞落叶风。
枯荷亲碧水，倦鸟厌苍空。
日促归来晚，夜长闲梦重。
人生因果报，世事往来中。

2014年11月24日

① 承南北，意指创立的山海关北洋铁路官学堂与1921年并组为交通大学（原称南洋公学）之南北，亦喻铁路贯通南北。

小雪节气随吟

雨雪裹天寒，落叶伴泥残。
出门需带伞，归卧不脱棉。
雾重南山远，情深渭水闲。
匆匆冬日近，转眼又一年。

2014年11月22日

贺喜斌泉嫁女

国力[①]充盈万世明，仁和溢彩宴宾朋。
郎才女貌鸳鸯配，业盛家兴福禄丰。

2014年11月22日

题石：锅盔

一块锅盔半月粮，甘甜酥脆溢清香。
江山代代无穷尽，岁月悠悠历史长。
官府发明修墓道，男儿携带走西方。
如今能有此般福，当谢暴君秦始皇。

2014年11月21日

① 酒宴设在“国力仁和川菜馆”。

职业规划闲思

霾雾常来偶见天，窗前雨后望南山。
传说绝顶千条路，我问苍天几度言？
路远云深足下起，人勤心静手边玩。
虽称重要是经历，方向精明可尽欢。[①]

2014年11月21日

初冬暮时登城墙

夕阳照瓮城，寂静古都情。
秋叶随风落，华灯近夜明。
闲来玩笔墨，岁去问苍穹。
莫叹人生短，当惜白首翁。

2014年11月15日

① 兄弟期刊近年年轻编辑较多，邀我去做个报告，提出的问题概括起来三点：编辑工作、编辑学研究和改革方向。

草滩闲情

草枯叶落雁成行，滩阔风清水渐凉。
云絮闲飞冬日尽，情缘伴酒柳枝黄。

2014年11月13日

七届会员代表大会随感

南国细雨润藤廊，新挂象鞍续旧航。
峻岭千重何所惧，人心两叉岂能常。
羊城夜色皆说美，业界清风尽力扬。
日落西山江水静，鸟翔绿野替谁忙？

2014年11月11日

祝第七届会员大会

甲午初冬莅广州，会员相聚共筹谋。
珠江水碧清风畅，金盾灯明夜色幽。
精品名刊嘉业绩，新朋老友话春秋。
时值七届将开启，祝愿征途再创优。

2014年11月10日

公园健步闲吟

京城爱派蓝，西北雾霾天。
喜见秋枝艳，惜无背景粘。
悠悠湖水静，瑟瑟暮风寒。
健步林间走，童心岭上攀。

2014年11月8日

立冬闲吟

落叶轻飘尽，秋实已入仓。
晨曦山峭冷，夜暮路苍茫。
水阔人稀静，天高鸟竞翔。
明朝需起早，莫忘御寒装。

2014年11月7日

题朋友立冬公园健步

碧水悠悠映暮云，湖边败柳撒疏荫。
沉香亭里依栏望，勤政楼中靠榻吟。

2014年11月7日

日暮乐游原

乐游原上景，落日最迷人。
万里晴空碧，满枝秋色新。
余晖依古道，弦月照朱门。
莫道黄昏近，人生可再春。

2014年11月1日

秋日闲思

岁月如溪奔海去，人生似梦替何忙?
秋深叶落时光短，日暮云飞倒影长。

2014年10月31日

题石：心间乐

展开双臂舞翩翩，长袖宽宽似锦帘。
步履轻盈行水上，烟花绚丽乐心间。

2014年10月25日

赏石闲吟

天然造化功，默默待缘兴。
鸟兽云林路，山河涧谷风。
人间多美好，画里尽包容。
莫道石无语，皆因未动情。

2014年10月22日

题石：逸字偶得

逸字偶得田峪山，离失逃跑尽包含。
平生最爱是游荡，俗世虽烦也享闲。

2014年10月25日

同学笔会补记

周末偶偷闲，情思注笔端。
龙飞凤舞处，谈笑戏说间。
落叶知心意，秋风送我还。
相约他日见，赏字赋诗玩。

2014年10月20日

题枯枝

前生苦难几多折？独自漂泊在灞河。
逐水随波终未朽，因缘伴我再高歌。

2014年10月19日

题朋友山中秋照

骄阳秋色灿，碧水丽云闲。
叶落清风缓，草枯山路弯。

2014年10月16日

题石：飞瀑闹谷

银河陨落挂前川，飞瀑激流谷闹喧。
欲海无垠风浪起，情天有限爱缘绵。

2014年10月12日

依原韵和希学兄《落叶吟》

秋叶无心竟自悠，引来骚客弄情愁。
霜红灿烂随风去，雨骤身轻逐水流。

2014年10月12日

咏十月八日红月亮

银空丹月伴星阑，拂面秋风醉翠峦。
盛世融通天象静，人生福乐地维安。

2014年10月10日

满墙秋色

夜露初寒润月间，满墙红叶竟霜天。
苍空漫漫兴霾雾，碧水悠悠载画船。

2014年10月9日

记入学三十年聚会

同学六百天，牵挂意缠绵。
莫道前途远，回眸转瞬间。
风轻秋日暖，树静夜灯阑。
默默挥别去，殷殷待后年。

2014年10月7日

期待同学聚会

金秋十月天，聚会草滩边。
日落霞光灿，云飞碧水闲。
相拥知意暖，把酒共言欢。
何惧天涯远，惜缘路自宽。

2014年10月5日

健步公园遐思

树动沉香起，风吹落叶低。
秋深天静远，夜暮地凄迷。
烈士清闲久，陵园草木戚。
时逢年甲午，国恨最唏嘘。

2014年9月30日

游南京高淳

慢城圣地话高淳，雨后氤氲更醉人。
螃蟹两只天地配，清醇一桶夜辰昏。
情牵来处皆凭念，爱到别时才上心。
若是他年无挂羁，当随茅氏[①]续缘因。

2014年9月21日

① 高淳自称，国际慢城、江南圣地。茅氏，指西汉年间，陕西咸阳茅氏三兄弟茅盈、茅固、茅衷来句曲山修道行善，益泽世人。后人为纪念茅氏功德，遂改句曲山为三茅山，简称茅山。

甲午仲秋南京讲课并生日记

碧野清秋静，江南稻谷黄。
风驰车到晚，雨骤课开堂。
江水滔滔去，金花淡淡香。
燕矶夕照后，三姐[1]碰杯忙。

2014年9月20日

原韵应和俊民

韶华半百逝无声，谁想与兄同日生。
四溢清香皆靠你，来年定要谢恩情。

王兄的原作：又到中秋九二零，艳阳高照几多情。
桂香四溢吉祥日，携手明年共庆生。

2014年9月20日

① 三姐意指就餐的三姐餐馆，也指三位姐妹特意准备蛋糕。

闲谈人生

人生何必太斟酌，稀里糊涂也是活。
做事应当观自在，为人莫要太蹉跎。

2014年9月21日

高校编辑

学科建设是中心，教育科研两部轮。
学术传播无止境，科学写作有端门。
编辑稿件时时慎，服务交流处处真。
大厦高楼平地起，为人作嫁育新人。

2014年9月17日

草滩筹备聚会

秋雨无休半月绵，草滩六路最南端。
筹谋聚会二三事，品享美食八九盘。

2014年9月10日

题石：天使与圣母

慈爱无私天地宽，宛如圣母在人间。
引来天使身边降，怀抱婴孩膝下欢。

2014年9月10日

山雨中秋二首

（一）

细雨清风夜，崇山峻岭中。
闲云行翠谷，溪水啸苍空。
酒醒天方亮，粥香腹始鸣。
虽无圆月伴，乐作捡石翁。

（二）

雨中酒醉月曾知？溪水喧嚣未尽时。
幸有山石相伴睡，欣依薄雾寄情思。

2014年9月7日

题石：海底暗流

海草如梳顺水流，鱼虾欢乐逆潮游。
白鸥翘首岩石上，黑狗藏身在后头。

2014年8月30日

题石：龙凤呈祥

丹凤乘风去，金龙覆雨来。
悠悠天静远，默默水徘徊。

2014年8月28日

题石：人在福中

福缘谋面勿贪执，人在福中已不知。
隐隐约约能久远，平平淡淡是真实。

2014年8月28日

题石：少妇与花溪

日照山坡春满堤，浓妆少妇弄娇姿。
晶莹剔透白如雪，烂漫繁华盛似溪。

2014年8月26日

题石：月夜竹影

夜静星光灿，竹疏月色凄。
天高多寂寞，路远更迷离。

2014年8月26日

题希学公子《深山钟声》画作

幽谷苍松劲，晴空朗月明。
青烟平地起，绿水绕山行。
薄雾随风尽，晨曦带露生。
林间相坐晚，客睡未闻钟。

2014年8月21日

答选鹏评诗点字

腕动指无知，书刷脑未痴。
云深山野僻，路远暮归迟。
老病方习字，闲烦好作诗。
不求名与利，但愿乐而思。

附选鹏师言：诗中余韵绕紫梁，笔下虫迹泛青光。
穷诗富字有公论，为何兄家能两帮。

书家轶事两则：一日，东坡居士与欧阳文忠公品茗，论及笔法。欧阳文忠公曰：当使腕动而指不知。苏子欣然而抚掌曰：公此语最妙！二曰，上好米芾书法，召之内府，问曰：当今以书名世者凡数人，愿有论。芾对曰：蔡京不得笔，蔡卞得笔而乏逸韵，蔡襄勒字，沈辽排字，黄庭坚描字，苏轼画字。上复问：卿书如何？对曰：臣书刷字。据意理文，难以为佳，但愿于兄有益。

2014年8月20日

题赠黄兄还乡照

衣锦还乡去，车驰绿野来。
悠悠碧水近，淡淡雨云开。

2014年8月18日

曲江南湖游记

家事缠身未远行，偷来半日享轻松。
寒窑虽破情缘在，曲水流觞景象空。
盛世如风无印迹，贞德似水自流鸣。
绕湖垂柳依依碧，映日莲花点点红。

2014年8月17日

陈兄为三岁家孙画作题诗我原韵步和

绚丽多姿意境佳，宛如梦幻起芳华。
遥思世上成名作，试看陈家三岁娃！

附陈兄原作：早吟曹植步诗佳，今赏家孙涂朵花。
自是童年随己欲，尽教艺术吐芳华。

2014年8月16日

题朋友品茶照

清茶闲品味醇甘，良友淡交情谊绵。
道有恒心何惧险，人无私惠岂能贪。

2014年8月15日

记周啸天获鲁迅文学奖

华夏无人仰啸天，闲来无事咏诗篇。
通俗易懂评时事，骚雅难持毁肃颜。

2014年8月12日

立秋夜会陈兄希学

暑去秋来细雨中，凤栖楼上会陈兄。
诗文平仄清谈起，笔墨充盈硕果丰。
事业情怀勤自勉，人生壮志续攀登。
当知沧海沙石小，越是知名越是空。

2014年8月8日

题朋友玉山松侧照

天高云迹远，谷静水声喧。
独坐青松侧，沉思古道边。

2014年8月6日

陪朋友游朱雀公园

车行高速慢如牛，夜宿农家景色幽。
山雀和风鸣翠木，顽石戏水扰清流。
冰川遗迹层峦上，绿野仙踪路尽头。
谷静林深无暑热，可惜客去不能留。

2014年7月27日

题石：祈祷

夏日晨风迎面吹，松花江水映朝晖。
微微闭目虔诚拜，默默无言伴客归。
贤客无妨斜上看，曹冲称象更精微。
赏石重在心情好，做事当防理据亏。

2014年7月24日

题石：佛度节风

崇山峻岭路茫茫，佛度节风气宇昂。
云淡天高空寂处，竹喧水静客思乡。

2014年7月23日

题石：佛肚竹节

佛心可度云间月，肚大能容海底龙。
竹影闲摇池水静，节风次送柳丝轻。

2014年7月23日

题石总编西安晚霞照

日落霞飞天地间，悠悠古寺伴云闲。
华灯初上清风里，一夜长安胜似仙。

2014年7月20日

哀生灵

马航无奈累，生命更无辜。
若是阴谋论，此人当众诛！

2014年7月19日

公园踏斜阳

斜阳散照林间路，碧水闲摇柳岸桥。
暑热随风拂面过，弦歌悦耳伴云飘。

2014年7月17日

华灯初上

雨后风清夏绿新，华灯初上照行人。
一天碌碌无为过，两腿匆匆去健身。

2014年7月17日

游秋霞圃

绿掩亭台院落深，城隍大殿肃森森。
小桥流水浮残叶，曲径通幽殒客魂。

2014年7月13日

游古漪园①

幽静古园细雨轻，荷花娇艳水浮萍。
南翔小巷深深处，吾介笼蒸淡淡情。

2014年7月13日

---

① 古漪园：上海五大名园之一，南翔嘉定古镇，吾介店名即吾介馆。

初到嘉定

虹桥落地已三更，嘉定迎园入梦中。
旭日东升薄雾里，传说暴雨去无踪。

2014年7月12日

贺省研究会换届

雨后骄阳六月天，新朋老友聚长安。
辉煌创业三十载，继往开来写续篇。

2014年7月11日

日暮健步

中断群聊健步行，云飞日落近灯明。
孤鸥戏水盘旋上，对果依枝濡沫情。

2014年7月3日

七一随想

血浸旌旗创业艰，荣光照耀路盘旋。
改革开放征途远，涉险唯凭宗旨端。

2014年7月1日

雨后早起公园行

新雨晨曦静，清波倒影明。
林间薄雾起，树下野菇生。
落寞残红舞，悠闲绿道行。
萋萋湖畔草，爽爽耳边风。

2014年6月29日

题赠在路上的朋友

细雨车行慢，微风鸟宿低。
滔滔云海怒，念念客心急。

2014年6月28日

位卑莫过谦

仅谈做事：常言谦虚才进步，我言谦虚即懒惰。
位卑莫过谦，谦则掩拙；言重勿争，争必遭怨。

人事要分谈，命难再百年？
有为则有位，无欲享安然。
位重无须证，言轻莫过谦。
天高云自静，泉涌谷方喧。

2014年6月27日

去汉中讲座二首

（一）

初临夜静起华灯，鸟唱和弦睡梦中。
淡淡清风催早醒，连绵夏绿寄闲情。

（二）

平生首度近军工，阔论科研有不同。
世上传播皆是利，我言写作重提升。

2014年6月21日

夜宿西山

夜宿西山小木楼，俯观韶乐谷深幽。
山峦静谧极空远，稻水清灵绕岭流。
遥拜金佛霞蔚里，近观旭日雾飘柔。
林间瑶寨窗含翠，半日闲居已忘忧。

2014年6月15日

金坑梯田闲记

久闻龙胜盛名中，六月亲临满目空。
日暮云深山静静，霞飞水映岭层层。
三花酒劲孤情度，竹筒米香闲客迎。
若问金坑何处美，田间闲坐未前行。

2014年6月15日

浩元素描

快乐纯真看似疯，天生一个老顽童。
开坛论道十八讲，作嫁为人万世功。

2014年6月1日

夏日晨练遇戴胜鸟

健身绕道校园行，拍景赏花步履轻。
满目青葱高蔽日，两只戴胜在调情。

2014年5月27日

南京行小记

此生数度莅金陵，甲午夏初独踏行。
郊野麦黄新绿翠，荷塘水漾古风浓。
新朋阔论勤思勉，老友欢谈懒送迎。
夜雨清心迷雾掩，青山逸志散翁登。

2014年5月25日

初夏题照

草木贲华独自好，何须锦匠费心思。
晨曦淡淡多情意，夏绿婆娑更醉迷。

2014年5月21日

南昌小记

轻装夜静入南昌，早起公园踏旭阳。
报告如约圆满后，回程细雨雾茫茫。

2014年5月21日

小院题照

青藤绿树画中游，光影阑珊似水流。
倒映亭廊鱼绕戏，敞开院落路通幽。

2014年5月19日

东亭漫步

闲思漫步过东亭，似火榴花五月中。
相府毛竹随雨碧，丛林翠鸟踏枝鸣。

2014年5月13日

忙后思

苦海无边帆作岸，人生可度百十年。
闲来静看窗前雨，忙里当思身后缘。

2014年5月9日

老树残红

林深叶茂绿成荫，老树残红韵尚存。
问取骄阳曾记否？繁华落尽不识君。

2014年5月27日

咏月季

枝比蔷薇硬，花堪刺客娇。
一年开四季，月月暗香飘。
色重非争艳，身轻是志高。
群芳皆落去，唯有您逍遥。

2014年5月7日

清平乐·赠朋友

抬头远看，天上双飞燕。
假日欢欣爷孙伴，其乐融融无限。

人间最重情缘，忙碌难得清闲。
智叟无为展望，年轻励志登攀。

2014年5月3日

咏春枫

一片丹霞碧绿中，晨曦暮雾静相迎。
谁说争艳须开放？我爱春枫别样红。

2014年4月30日

丛林晨曦题照

古树参天景色悠，晨曦破雾似清流。
穿林唯恐惊飞鸟，静坐闲思忘怨仇。

2014年4月28日

题思贤楼

墨竹苍松起翠屏，青砖红瓦晓亭东。
梧桐空有凌云志，野草逢春伴露生。

2014年4月28日

题朋友游玩照片

昨日加班今日玩，一时半刻不歇闲。
人生无悔青春在，事业有成名利全。

2014年4月27日

题樱桃照片

日照樱桃别样红，人闲漫步绿荫中。
清新忘却身边事，初夏便来学陶翁。

2014年4月27日

落花见果

雨洗娇枝景物新，林荫蔽日已春深。
落尽残花初怀果，劳碌一生始念真。

2014年4月26日

应和俊民诗作（一）

俊民雅作：

碧水悠悠映画桥，春风和煦柳丝摇。
翩跹燕影斜阳暮，玉树临风待月姣。

我应和：

斜阳暮下燕飞高，碧水清明柳丝飘。
寂静石桥孤待月，喧嚣夜雨闹春宵。

2014年4月25日

应和俊民诗作（二）

俊民回和：

一叶扁舟过画桥，平生能有几逍遥。
呢喃燕语夕阳里，犹见冰轮挂柳梢。

我再和：

不见船帆只见桥，残阳血色似云烧。
呢喃燕语当何解，缓缓清风掠树梢。

2014年4月25日

题颜兄荆楚乡间照

乡间踏青偶偷闲，忽报江南稻叶繁。
荆楚年丰当有望，颜家兴旺自盎然。

2014年4月24日

答成处三首

（一）

偶获新茶未自藏，邀来明月诉衷肠。
可惜阴雨乌云蔽，唤友来时水已凉。

（二）

一湾碧水映蓝天，万缕晨曦照校园。
雨后清新心境远，花开绿掩雅情闲。

（三）

芍药含苞蜜自香，引来蚂蚁窃偷尝！
岂知拍客时时在，害得闲人无处藏。

2014年4月23日

题梵净山石柱

旭日初升缓，层岩独舞翩。
风吹薄雾散，纵览众山绵。

2014年4月22日

学术与出版

学术出版莫等闲，追求交会理当然。
双方若是无尊重，各自岂能言静专。

2014年4月21日

春深闲思

（一）

夜雨催花落，晨风伴叶生。
虽说春已去，静待夏初兴。

（二）

春华争艳后，几多挂果枝？
好雨及时到，新芽可入诗。

2014年4月19日

春色已深

春色已深，绿茵渐浓。
牡丹华丽谢去，
芍药含苞欲放。
天荒地老自然，
时晴时雨无常。
淡淡思来，隐隐忧伤。
恨不狂飙，健步志昂。

2014年4月17日

题红螺寺照片

青龙盘古寺，净土映花荫。
满目青春色，一潭碧水深。
高僧修道处，游客踏云临。
试问行难否？笑答幽谷氲。

2014年4月16日

深春闲吟

花开花落雨纷纷，鸟啭虫飞不避人。
忽见林间枝叶密，方知大地已春深。

2014年4月15日

祝福田良

田间春麦绿，良友寄情深。
快马别添累，乐娱当自珍。

2014年4月13日

细雨晨风

细雨兴晨雾，春华映碧湖。
涟涟清泪溅，阵阵暗香浮。
丽影流连处，残红逐水涂。
花期虽已过，叶嫩赏枝疏。

2014年4月11日

清明遥祭

清明时节祭亡魂，嫩绿枝头满目春。
万水千山无限意，登高远望寄流云。

2014年4月5日

画堂春·清明

流年岁月叹人生，来来去去匆匆。
春来花艳柳青青，又是清明。

梦里相逢夜短，阴间路阻难行。
花开花落雨无声，泪眼蒙眬。

2014年4月5日

雨后春游

雨洗娇枝艳，云遮暮色深。
池边新柳绿，树下满游人。

2014年3月30日

答见景不见人

人生苦短要释怀，岁月无须入景来。
花草春兴多绚丽，登高望远上楼台。

2014年3月29日

春日夜雨

夜雨匆匆洗垢尘，街边老树嫩芽新。
登高远望南山近，信步闲吟后院春。
怒放樱花迷醉眼，悠悠碧水照行人。
清修处处无喧闹，赏景时时要静心。

2014年3月28日

咏蓝田兰溪

日暖兰溪花竞艳，风清玉岭水悠闲。
七星连璧遥相看，道法无名近自然。

2014年3月27日

雷雨报春

雷雨报春来，花枝探入怀。
人怜红浸水，我爱绿拂台。

2014年3月27日

春风解语

春风解语花千树，夜雨无声日上辉。
碧水蓝天相对看，闲云野鸟竞相飞。

2014年3月23日

花与叶

春时缓缓来，残叶伴花开。
莫怨枝条软，当惜果粒骸。

2014年3月22日

晚霞与春花

君爱晚霞我慕花，朝朝暮暮吐芳华。
天黑若是无灯影，自溢清香到梦涯。

2014年3月20日

初春兴庆宫

嫩柳鹅黄，蓝天碧水晚风凉。
楼影悠长，飞檐画栋古亭廊。
开了海棠，绿了篱墙，
游船锚锁自彷徨。
暮色苍茫，公园漫步踏斜阳。

2014年3月20日

题富贵花

冷雨无声夜入门，怀揣希冀盼新春。
明朝雾散前途远，富贵花开吉兆临。

2014年3月9日

杜陵踏青

雨后杜陵行，林深翠鸟鸣。
悠悠枯草路，阵阵孕春风。

2014年3月9日

题春雨绿梅

绿萼白翠美，春寒细雨淅。
惺惺惜嫩蕾，恨不解衣披。

2014年3月8日

惊蛰探春

雨润泥酥草木新，风吹水皱柳枝沉。
阴霾连日心烦闷，健步出门去探春。

2014年3月6日

点绛唇·自乐遭怨

二月初一，春寒未尽花枝艳。
醉归夜半，虽醒犹乱。

作对赋诗，自乐遭人怨。
定神看，惊魂车站，俄境陈兵患。

2014年3月2日

朋友聚会

三月第一天，栖梧蝶化间。①
华灯初照暖，暮色返还寒。
常叹春光浅，偶发白发癫。
山高幽谷静，水阔远帆闲。

2014年3月1日

春日闲吟

乍暖花开二月天，春风剪柳舞池边。
云开雾散晴空远，更有丽人闲戏欢。

2014年3月1日

① 聚餐在栖梧茶餐厅化蝶包间。

题终南山照片

佛心可度人间苦，笔墨难书仙界情。
此景只应天上有，岂容吾辈乱发声？

2014年2月26日

赠微友

仰天长笑春风赞，万里山河任踏游。
今日相逢微信里，一声问候暖心头。

2014年2月26日

春来莫叹秋

高尚时时有，春来莫叹秋。
霾尘常蔽目，只要有追求。

2014年2月25日

等字缘

一个竹，一个寺，构成一个“等”字。竹，代表一种美好的意境；倒是这个寺，是在表达孤寂、忍耐和一种期待的意思吗？等的这两个构字元素，或许正是在诠释等的蕴含吧！等到是一场不悦，也就无所谓等；等到是幸福，漫长也不漫长。

日归还日出，云卷又云舒。
竹掩清凉寺，缘修寂静福。

2014年2月22日

春日闲吟三首

（一）

残雪消融尽，气温伴日升。
枝芽急破绽，万物待重生。

（二）

夜雪避风来，红梅带泪开。
春时初现暖，情窦勿出怀。

（三）

曾经辅导员，群聚似当年。
岁月催人老，惜缘莫等闲。

2014年2月18日

点绛唇·喜迎辰诞

岁月冉冉，元宵夜静迎辰诞。
梅花争艳，雀上枝头赞。

黄玉情深，更有佛缘伴。
向前看，阳光灿烂，淡淡香拂面。

2014年2月15日

雨润春枝

雨润春枝暖，灯歇夜色残。
应知年已去，莫要再贪玩。

2014年2月14日

清平乐：双节记

月归何处？只有灯阑树。
夜色苍茫阴霾雾，恰似云游闭目。

痴女期待收花，孤男流浪无家。
闲看灯红酒绿，回眸岁月韶华。

2014年2月14日

告别张海波

雪压春枝花带泪，云遮日月暗如昏。
人生苦短常勤勉，天界无忧悯恤君。

2014年2月11日

赠朋友生日

五十一岁是新生，教子相夫已有成。
雪映梅花别样美，人逢盛世沐春风。

2014年2月11日

题雪山秋色

（一）

雪映晴空碧，泉鸣涧谷深。
山高留胜迹，猴乐戏层林。

（二）

雪映晴空碧，泉鸣涧谷幽。
山高藏圣迹，崖险聚群猴。

2014年2月10日

题雪中玉山蓝河三首

（一）

玉岭素颜容，蓝河已镜封。
香茗熏美景，浓墨浸闲情。

（二）

玉岭素容颜，蓝河镜映天。
香茶熏景美，浓墨浸情闲。

（三）

大雪封山美，白云绕谷深。
仙居炉火旺，宾至满堂春。

2014年2月7日

题雪景

踏雪寻梅去，湿鞋带憾归。
情牵梅隐处，何惧伴余晖。

2014年2月7日

马年咏春雪

（一）

新枝挂雪倒春寒，妩媚闲花最可怜。
椽子出头腐烂早，腊梅傲雪自安然。

（二）

初五立春天幕深，娇花遇雪泪纷纷。
人生难免经风雨，世事从来少顺心。

（三）

雪打春花艳，霜寒志更坚。
任凭时节乱，坐享世间缘。

（四）

雪打马春头，花开泪暗流。
人人皆盼雪，处处显清幽。

（五）

春来雪打头，淡淡惹君愁。
霾重山缥缈，花开水自流。

2014年2月5日

即兴赠汉忠

早起携书踏日行，归来把酒伴亲情。
此生若有烦心事，便是贪心理不明。

2014年2月4日

初春闲吟四首

（一）

春暖花争艳，秋高鸟竞天。
自然分四季，世事有忙闲。

（二）

闲情逸致悟虚空，叶绿花红寄艳情。
只恋室间温照好，哪知窗外雾霾浓。

（三）

老树新枝疏挂蕾，朝阳一脉报春晖。
花中更是幽兰好，君子谦谦美女追。

（四）

法界清幽塔御风，人间万物性灵精。
青烟缭绕通天界，双手合十拜福星。

2014年2月4日

游年归来

三更半夜始临家，一路颠簸的确乏。
只管宽衣先睡觉，明天早起看朝霞。

2014年2月2日

登漳州龙文塔

龙江东入海，宝塔镇龙山。
徒步拾阶上，临风坐看闲。
龙腾晨雾里，日照翠林间。
我欲离别去，匆匆三刻[①]还。

2014年2月2日

题漳州水仙花

仙子翩翩百媚添，娇白嫩绿素容颜。
曾经梦里追千次，相见心中起爱怜。

2014年2月1日

① 早七点五十乘车、八点一刻到达、九点下山，正好三刻。

江南春·初识漳州

江水碧，艳阳娇。

漳州景色好，街阔彩旗飘。

花开富贵人心美，马踏祥云志向高。

2014年1月31日

初一拜年

马踏硝烟驮福到，年携旭日首开阳。

情恩似酒常回味，友谊如花自溢香。

2014年1月31日

捣练子·石庙山公园

山庙静，树临风，廊院花开挂画屏。

独自林间听鸟语，用心方解此中情。

2014年1月30日

话团圆

细品家乡味，闲谈客旅心。
年年花盛意，岁岁事遂人。

2014年1月30日

采桑子·海滩闲思

平沙细浪晨风里，海阔天低。
日照霞弥，潮落无声印迹晰。

人生有爱晴空碧，徜徉东西。
孤旅行急，一路风光随遇栖。

2014年1月30日

题东门屿东明寺

佛海天心空碧水，清风绿树掩石门。
抬头远望文峰塔，闭目沉思忘吾身。

2014年1月29日

马銮湾日出

日上东山岭，霞飞碧水清。
滩涂留印记，潮落又潮生。

2014年1月29日

题水仙花

花蕾迎年向日开，家宅福至瑞祥来。
人生万事从头起，事业家庭志满怀。

2014年1月29日

如梦令·东山民风

碧水清风云淡，日照阳光灿烂。
初次到东山，宾至如归无怨。
和善，和善，祭祖民俗普遍。

2014年1月28日

捣练子·东山初识

美丽岛，马銮湾，客栈温馨近海滩。
沐浴阳光赏美景，静观涛涌品秘鲜。

2014年1月28日

如梦令·东山美景

寺庙香烟不断，风动巨石心颤。
碎浪缓淘沙，远处清波潋滟。
且慢，且慢，美景应当细看。

2014年1月28日

新春贺禧

金鸡报晓新春好，旭日东升天地煌。
客旅东山闲看海，夜思挚友祝安康。

2014年1月28日

新春闲寄

旧岁如风随夜去，新年似梦共朝阳。
融融炉火心身暖，淡淡情谊山水长。

2014年1月28日

顺势而为

早起勤思不待时，寝食规律莫贪迷。
家财万贯三餐饭，命寿百年一梦西。

2014年1月28日

钗头凤·告别云霄

漳江缓，云山漫，大街小巷摩托串。长相忆，开漳季，教化山民，货通天地。益，益，益。

行程短，心依恋，绿枝摇曳频频赞。朝霞起，清溪碧，礼敬天庭，玉皇大帝。祭，祭，祭。

2014年1月28日

点绛唇·将军山

佩剑东征，将军德化恩泽照。
开漳始教，世代通商贸。

功盖云霄，四海归心报。
人已老，江山静好，日上云山晓。

2014年1月27日

鱼歌子·厦门闲思

夜宿龙州[①]白鹭鸣。清风无语自多情。
三角梅，绿丝屏。塘边湖里旧时容。

2014年1月26日

① 龙州，酒店名。

童谣小年

小年小年，起火解馋。
一锅年糕，一笼馍圆。
年糕黏嘴，休得胡言。
圆馍充饥，满口香甜。
向天报喜，期盼平安。
瑞降大地，雪舞人间。

2014年1月23日

岁末闲吟

康乐无忧福莅家，嫦娥奔月耀中华。
蛇伏盛世人心暖，马踏祥云天际霞。

2014年1月16日

法境清幽

法境清幽慧相生，佛珠引悟妙门中。
天荒地老思常在，舍利方能彼岸行。

2014年1月14日

松风水月

松风水月剪流云，微露寒霜化物深。
孤影空宗通六度，仰德心净有福音。

2014年1月14日

雨洗春林

朝霞掩翠境如仙，万里山川水洞天。
雨洗春林除垢欲，心随墨海伴云闲。

2014年1月14日

乡思

腊月思乡望故乡，寒风凌厉透心凉。
乡愁寄月愁如夜，月夜苍茫夜似荒。
独饮三更人未醉，闲吟半句泪成行。
天高云淡归鸿远，叶落风凄满地霜。

2014年1月12日

会前偶感

风平树静雾霾天，久旱长安草木干。
岁末召集开大会，些许希冀莫轻言。

2014年1月10日

如梦令·叶落稀

旧岁随风已去，早起追逐朝旭。
树静鸟飞低，落叶相拥夜叙。
相聚，相聚，冰雪霜天何惧。

2014年1月9日

贺重师学报庆创刊三十周年

重师重教誉神州，学报扬名景色幽。
转眼耕耘逾卅载，挥鞭跃马上层楼。

2014年1月7日

如梦令·闲思

日上风轻霾重，苍劲枯枝不动。
感念艳阳天，期待相约梦境。
如梦，如梦，梦里云飞花盛。

2014年1月5日

贵在坚守

纸媒沉稳品牌坚，网络通联渠道宽。
优势常寻求自立，残缺敢弃创新篇。

2014年1月4日

新年寄思

旧岁去无声，新年伴日升。
天高云淡净，地广路直平。

2013年12月26日

新年感怀

入世频追梦，云游闲纵情。
驱车孤向远，登阁始临风。

2013年12月26日

新年明志

碧水清香溢，贤达陋室缘。
天高明志远，地厚孕情闲。

2013年12月26日

如梦令·冬至

冬至寒侵露浸，天暗丽人闲困。
雾重又扬沙，蒙面人行楼隐。
霾尽，霾尽，期待来年无恨。

2013年12月22日

一剪梅·贺西大学报百年华诞

学报辉煌逾百年，岁月沧桑，往事如烟。
传播科学育人才，学子莘莘，佳作篇篇。

清正刊风代代传，笔墨生涯，无愧前贤。
编研并进待春来，抖擞精神，再度扬帆。

2013年12月21日

安康行

车穿秦岭又出行，雨后风清步履轻。
秋色斑斓窗外景，天高云淡世间情。

2013年12月17日

一剪梅·赠退休同事

遥忆当年学报逢，笔墨生涯，师表言行。
平凡岗位自深耕，精品连年，作嫁无声。

图表行文字字清，日夜难分，苦乐人生。
春来秋去又逢冬，白发稀疏，岁月留情。

2013年12月7日

如梦令·冬日健步二首

（一）

早起乘车上路，闲看天边晨雾。
街上少人行，医院人头无数。
归宿，归宿，快去公园健步。

（二）

冬日天晴云度，老柳苍松灌木。
碧水映高楼，落叶飘来洗漱。
留步，留步，百鸟喧嚣深处。

2013年12月7日

天净沙·玉山蓝河

斜阳老树岚屏，
乡间小路独行，
日暮蓝河水冷。
霞光雪映，
风清夜静初冬。

2013年12月6日

天净沙·新年寄语

新年旭日晨钟，
寒冬雪舞清风，
科技传播筑梦。
春潮涌动，
高歌阔步前行。

2013年12月5日

学习闲思

蛇舞惜别旧，马嘶急唤春。
嫦娥奔月去，新政暖人心。

2013年12月4日

题玉山蓝桥三首

（一）

玉岭清风驻，蓝河碧水流。
阑珊灯火远，璀璨夜空幽。

（二）

玉岭清风远，蓝河夜静昏。
推杯又换盏，餐尽缓离身。

（三）

日暖清空碧，枝寒落叶休。
抬头思原野，信步忘烦忧。

2013年12月1日

闲题照片

柳影稀低挂，晴空碧远苍。
骄阳冬送暖，骚客午寻忙。

2013年11月28日

照片闲题

树影斑斓静，山石默默吟。
铭文书拐点，岁月刻额纹。

2013年11月28日

暮临霞隐

玉山蓝河屋翘檐，霓虹闪烁映重峦。
星空万里亲绒雪，夜幕初更落布帘。

2013年11月28日

游凤翔

初冬雨后沐骄阳，结伴长驱到凤翔。
瑞鸟雍州飞踏饮，东湖古柳绿丝黄。

2013年11月25日

祝贺朋友

初冬雨后碧云新，薄雾晨曦天际熏。
短信殷勤忽报喜，霜红烂漫寄良音。

2013年11月25日

重庆雾绕高楼

依山傍水起高楼，薄雾轻柔似水流。
树冷天寒霜叶暖，人忙地远忘情忧。

2013年11月25日

朋友晨练题照

暖阳初上心情好，早起遛弯体魄强。
独爱秋黄花静美，时闻声啭鸟欢忙。

2013年11月25日

评论朋友感慨

一路登高一路险，半生努力御鞍前。
风云变幻山中雨，世事无常心里安。

2013年11月25日

满月当空

霓虹闪烁夜清幽，满月当空泠泠秋。
千里遥思情寄远，庭前迎客步出楼。

2013年11月23日

初冬闲吟

人世谁无遭遇忙，难得忙过不心凉。
闲观儿女成家业，静坐凉台享暮阳。

2013年11月20日

题照

一半蓝天一半云，云遮旭日更缤纷。
枯枝霜叶情思远，碧水涛声目送氤。

2013年11月17日

三中全会学习有感

叶落霜浓渐入冬，高楼掩映雾霾中。
登高远望层林染，执政为民事业兴。

2013年11月13日

深秋游岳麓山

岳麓山间爱晚亭，深秋再访费折腾。
林深路转南门里，叶茂天昏薄雾中。

2013年11月4日

游橘子洲

云飞水静流，日丽赏清秋。
携手竹林下，临风橘子洲。

2013年11月4日

残荷题照

霜浓莲叶焦，水静绿苔漂。
瑟瑟秋风里，匆匆倦客骚。

2013年11月4日

祝贺生日

李老无为道法高，兴邦立业自逍遥。
昌明盛世合家乐，寿比南山万事嘹。

2013年11月3日

快乐赋

浩唱潇湘十月风，元泽刊界六朝兴。
生辰无我诚遗憾，日丽乾坤不老松。

2013年10月30日

应和俊民诗五首

俊民兄七绝题一幅白雪皑皑中的茅屋：

昔时风雪夜归人，一片丹心献至亲。
岁末佳节今又到，泪飞不见亲倚门。

我依韵应和：

遥思乡野雪纷纷，月静风清犬吠门。
疑是儿归携岁住，推窗不见夜森森。

俊民现回和之：

大雪纷飞掩履痕，万家灯火撩客心。
谁知游子归途断，不见当年唤儿人。

俊民兄原作夕阳：

秋风过树醉夕阳，犹见长空雁数行。
一曲阳关君又去，云天回望两茫茫。

本人依韵顺和：

临风枯木伴夕阳，目送云霞夜路长。

欲问君归何处去？茅屋虽小暖洋洋。

俊民换韵回和之：

浊酒一杯酹晚风，天涯何处觅芳踪？
他年客地闻折柳，遥望长安梦里逢。

本人依原韵再和：

好酒闲斟防自伤，天涯虽远莫忧伤。
云山雾雨随风去，塞北江南似故乡。

俊民兄原作：

秋风萧瑟雁南飞，暮色苍茫倦客回。
极目乡关八万里，乱云翻卷隐余晖。

我应和之：

树映云飞暮色阑，乡关何处问苍天。
登高极目三千里，坐地环行又近年。

王俊民回和之：

云海茫茫一片黄，夕阳西下雁飞翔。
枫红又见高朋至，海阔天空灞水长。

我复和之：

日暮西山天际煌，归来已是两颊霜。
高朋满座厅堂暖，灞水无声丹桂香。

2013年10月27日

日出日落间

日出与日落，并没有本质上的区别。
升起与降落，也只是方向上的不同。
同样能带来，弥漫天际的辉煌。

2013年10月27日

题朋友游览照片

江水悠悠倒映山，渔翁独钓水中间。
秋风瑟瑟青霜染，峭壁巍巍碧水闲。

2013年10月14日

答朋友喜获升职

人生在世是修行，福乐缘兴靠内功。
精进勤劳日复日，无心功到自然成。

2013年10月14日

题朋友玉山山庄照片

云绕青山水映天，风吹霜叶鸟啼原。
此生若伴玉山老，来世当为天上仙。

2013年10月14日

回程高铁晚点

（一）

人间处处尽繁忙，高铁迟发也正常。
出站临风极目望，蒙蒙霾雾罩宜昌。

（二）

晚到迟发或是福，闲身何必恐前途。
人生苦尽青山在，文字咀嚼烦恼无。

（三）

荒郊野外郑州东，细雨秋风凌厉中。
绕道回家从此过，迟来不误启新程。

2013年10月14日

题朋友下劳溪照片

能吃又会玩，处处有情缘。
有酒来相伴？随时唤我还。

2013年10月14日

版权工作委员会颁奖

情谊悠悠终日忙，秋高气爽聚宜昌。
笔耕不辍结硕果，畅所欲言问短长。

2013年10月13日

登磨基山三首

2013年10月12日到14日，宜昌组织期刊版权学术研讨会。一路上，以短句记事，赏景自娱，打发时间，不知不觉中留下多首，现在校验后留存。宜昌，因三峡而知名，因为她位于西陵峡外，自重庆顺流而下，过瞿塘峡、巫峡，出西陵峡。宜昌是长江边上最大的市镇。如今宜昌在普通百姓中知名，也是因三峡大坝的修建，无论是功过，还是是非，都造就了一个崭新的宜昌。瞿塘峡和巫峡，皆因三峡水库水位的提升，失去了往日的风采和姿韵，只有位于三峡大坝和葛洲坝之间的西陵峡，还保留了一点点长江峡口的风采。今天因航班所限而早到，决定拒绝知名的诱惑，游览一下宜昌本地人休闲登高之地方——磨基山。

（一）

秋高气爽到宜昌，似火骄阳如暑狂。
坐看风光桥下过，车行倒影水中藏。
磨基山上望长江，樟木林深叹叶黄。
雾笼城郭烟不起，心怀旧事业难昌。

（二）

长江秋水似天蓝，早到宜昌半日闲。
山路盘旋秋日里，骄阳散射树荫间。

（三）

寻诗不到莫心慌，移步磨基问大江。
健步登高身忘老，抬头便见水悠长。

2013年10月12日

游欧阳修公园

慕羡欧阳本色初，夷陵被贬祸依福。
朝迎旭日江帆起，暮送晚霞渔火孤。
滚滚长江东逝去，悠悠短调偶弹出。
而今凭吊高楼下，远古秋风犹在哭。

2013年10月12日

雁塔悠悠

悠悠雁塔映高楼，塔映高楼夜景幽。
幽景夜楼高映塔，楼高映塔雁悠悠。

附《秋》［清］吴绛雪

秋江楚雁宿沙洲，雁宿沙洲浅水流。
流水浅洲沙宿雁，洲沙宿雁楚江秋。

2013年10月8日

赠惠祥兄

（一）

祥云随性向南飘，旭日冉冉美女娇。
山野清溪空静远，眼前峰岚比天高。

（二）

曙光四射耀石塘，云雾难遮照惠祥。
国庆七天随性走，潇潇洒洒觅风光。

2013年10月4日

校园闲读散记

假日闲游去丹江，回来静坐校园旁。
枝间叶落朝阳暖，秋日风清丹桂香。

2013年10月4日

题颜兄四日北上自驾游有感

坝上秋风确不同，林间树叶早凋零。
偷闲京客驱车到，秋色金黄热烈迎。

2013年10月4日

步宋·汪应辰《牵牛花》韵应和

薄叶柔枝莫等闲，爬墙附树自攀缘。
盘踞高处时争艳，迫使行人仰首观。

2013年10月4日

丹凤凤冠山

凤冠山上望丹江，爽爽秋风草木黄。
四皓碑林停步问，船帮会馆少人忙。

2013年10月3日

玉山蓝河

蓝河北望玉涂山，似雪皑皑暑未残。
何日有缘相对看，今生不枉自称仙。

2013年10月2日

东亭闲思

日落楼西月上高，东亭毛竹叶萧萧。
来人若问安歇早，岂知相府已萧条。

2013年9月26日

赠韩维栋女儿

鹊上枝头万象新，花烛高照喜临门。
同学同业同心结，敬地敬天敬至亲。

2013年9月25日

望明月二首

朋友微信的文字，感觉像词但又查不到词牌，拟名《望明月》。

朋友一：

望明月，对情眸。
君乘金络马，奴泛木兰舟。
怎忍一别千里，但求相守同游。

我应和：

雨后晴，鸟声幽。
秋风欺乱发，旭日喜平头。
何必贪吃晚睡，本该勤勉无忧。

朋友二：

举一杯美酒，
诉万语千言。
谁不故园有梦？
何妨今夜无眠！
来来来，同欢乐，共婵娟。

我应和：

掬一捧井水，
操满口方言。
忘却谈何容易？

闲时夜里难眠！
还还还，回乡去，盼团圆。

2013年9月22日

中秋闲思

东南寂静西南雨，四海乡思共待期。
冷月无情天际挂，秋风有意夜吟低。

2013年9月19日

中秋寄情

故乡月正明，游子暗伤情。
待到还乡日，谁能以我荣！

2013年9月18日

黄柏塬题照

塬上风清草木葱，黄柏静静雾云中。
落日如常辉煌去，散客临风待月明。

2013年9月15日

大漠云闲

日落山峦静，斜阳照帐明。
风追车马去，人恋白云轻。

2013年9月13日

揽月眠

天蓝大漠远，水碧絮云闲。
戈壁无人处，秋林揽月眠。

2013年9月13日

地大刊博会六首

（一）

秋风夜雨送秋凉，旭日东升坐海航。
刊界相约武汉聚，学习汇报始繁忙。

（二）

月到中秋圆，相思共仰天。
贪杯君解否？留恋已茫然。

（三）

地大月悬空，迎宾震旦楼。
探索刊兴路，前途喜或忧。

（四）

地大青山远，日出水雾蒸。
秋花争艳放，垂柳映池明。

（五）

阴雨他乡夜，家乡可月明？
耳旁风劲起，落叶也含情。

（六）

刊博落幕意惶惶，小巷零三会友忙。
讲课半天三日聚，车行缓缓过长江。

2013年9月13日

姚璐战涛新禧

九九归一，张灯结彩。姚兄沐福，璐涛连理。以诗达意，略表希冀！(路遥倒借姚璐，涛湛倒借战涛)。

癸巳金秋九月一，悦豪结彩贺佳期。
路遥相伴凭恒力，涛湛行舟心要齐。

2013年9月1日

宣帝陵闲吟

荒冢陈郊外，风吹野枣红。
凄凄身后事，寞寞眼前陵。

2013年8月25日

公园闲读

不觉秋近叶零凋，绿掩香沉鼓乐嚣。
亭下水边闲品静，人间书里觅逍遥。

2013年8月22日

题初秋荷塘

红花碧水潭，绿叶俏江南。
夏暑余温在，秋林已色斑。

2013年8月21日

忽悠之间

8月19日夜莫名不爽，未曾洗漱就超然而去，进入梦乡，一觉醒来便是新的一天，现记之。

悠忽睁眼又一天，旭日东升树影斑。
心静无牵闲入梦，身轻由性去遂还。

2013年8月19日

题荷花照

（一）

仲夏风荷映日香，婆娑芦苇掩泽塘。
独行无意惊白鹭，歇脚诚心爱水凉。

（二）

好个天晴日，追仙入绿丛。
柳风拂碧水，荷露映花红。

2013年8月19日

校园闲读

梦里秋风初现凉，园中树静野蒿长。
花开花谢留奇果，人去人来犹日常。

2013年8月16日

夏日校园

峥嵘岁月，伴着夏日而去。
青葱岁月，踏着秋风而来。
送走的面孔，依稀还在。
迎来的学子，已经来到眼前。
稚嫩的眼神中，充满了期望和好奇！

2013年8月16日

唐苑石雕

雨后三伏水雾蒸，闲来唐苑再兜风。
松枝默默迎新客，怪兽威风镇旧庭。

2013年8月14日

如梦令·日暮

日暮霞飞楼竖，远望不识前路。
冷月照窗棂，搅起一帘踌躇。
何故，何故？抖落繁星无数。

2013年8月13日

关于生日

生，值得庆贺?
我说不清楚。
死，为什么要恐惧?
我没有感觉。
不是我不是肉身，
而是我已经迷糊。
小时候，
母亲给我过生日，
是提前一天，与父亲一起过。
离家后，
农村孩子不懂事，
户籍卡上写的是阴历，
以阴代阳，
就成了法定的生日，
我有三个生日。
多了也就乱了，
乱了，也就淡了。
所以，
我也就没了生的概念。
每当朋友在法定生日前，
祝我生日快乐，
我就茫然，
是我的生日，是祝福我?

每当今日，
我都要寻找我的生日，
可总也找不到感觉。
没有生，
也许，也就没有死。
感谢你，
记得我的生日，
因为我已失忆。

2013年8月11日

青山绿水题照

清风阵阵送炊烟，池水清清倒影天。
不见舟船忙撒网，只有青山绿两边。

2013年8月6日

通化卧佛山题照

仰卧观天象，佛光照世间。
有缘今日见，万事尽平安。

2013年8月5日

网上诗会四首

有微信以后，很少在博客上作诗晒景，微信开通了文件传输助手，我将今天的诗文复制过来。出差回来休息了两天，今天带夫人去唐苑兜风。上次来唐苑拍了松，今天续拍石。

唐苑题石

扎根泥土卧松旁，壮丽山河任徜徉。
山里千年修正果，园中此刻放光芒。

兴旺雅和：

代石喊冤

天地造化亿万年，移来唐苑赚你钱。
赏心悦目是人类，离乡背井我失颜。

我应和：

莫喊冤

孕育深山亿万年，久经风雨耐霜寒。
一朝移到城园里，我赏心来你赚钱。

俊民赠诗：

徒有补天才，无端卧野台。
女娲相约日，抖擞再重来。

我原韵应和：

昔日补天材，而今揽客来。
时时因势变，处处是平台。

俊民再赠：

唐苑落红迷小径，池边柳絮梦天涯。
万千气象寻常见，犹引诗仙醉赋花。

我再应：

三伏花落绿茵浓，唐苑松石最动情。
若是诗仙李杜在，不敌兄长俊民能。

2013年8月4日

休养身体

此次兴城练定功，谢绝酒宴远歌厅。
登高远望迎新日，临海听潮沐晚风。

2013年7月29日

闲游秀水街

（一）

闲游秀水街，王府驻足歇。
半日匆匆过，淅淅细雨别。

（二）

秀水北东南，层层警卫严。
知名集散地，一座大楼圈。

2013年7月26日

启程兴城

进京辗转去兴城，工作学习不放松。
但愿桑拿飘过去，腥风近吻梦乡中。

2013年7月25日

世博园闲吟

郊野池边石板床，微风树影草幽香。
一只布谷惊心叫，扰我清甜在梦乡。

2013年7月20日

茫然人生

微信空间少己言，转发不断讨人嫌。
朝来朋友前相问，顿感人生已黯然。

2013年7月18日

清晨闲吟

夜雨随风过，晨曦树影斑。
山间久未近，只怨内心烦。

2013年7月11日

仲夏雨后贺朋友升职

热浪频袭似火狂，忽来夜雨送清凉。
青莲水上爆新蕾，树影枝间沐盛阳。

2013年7月11日

雨洗尘埃

在杨帆“诗酒旧抛身外累，琴书新结静中缘”基础上应和。

诗酒闲抛身外累，琴书迷恋静中缘。
山间雨过尘埃落，水面风来波影涟。

2013年7月4日

丰功难保业常青

下午建党九十二周年座谈会发言提纲。

目送蛟龙南海行，神舟再度会天宫。
九十二载风和雨，一百多年梦待成。
伟大全凭宗旨正，丰功难保业常青，
贪图私利难安睡，守本求新正气盈。

2013年6月28日

朋友还乡题照

雨润青山草带珠，泥浆小路绕茅屋。
牵羊儿伴迎风笑，泪眼蒙眬言语无。

2013年6月20日

游华严寺

华严古刹久闻名，随友闲游觅正宗。
湖水山间沉寂寂，亭台幕后影空空。

2013年6月15日

从铁山坪下山

玉峰日照林荫好，竹影松涛欲比高。
独处只觉人迹少，下山方见绿藏娇。

2013年6月15日

鸟扰午睡

骄阳上露台，夏绿入心怀。
我欲和衣睡，鸟欢结伴来。

2013年6月14日

山庄早起

早起无端上后山，风清鸟啭密林喧。
一潭池水和莲碧，满目晨曦拂面闲。

2013年6月14日

铁山坪初临

铁山坪上玉峰园，日暮霞飞翠映帘。
相敬同行携手远，涟漪池水伴荷眠。

2013年6月13日

去重庆待机

近年多次去山城，山路盘旋水带情。
五月端阳刚过去，蛇年初夏又出行。

2013年6月13日

癸巳年端午

初夏端阳艾草香，龙舟米粽祭贤良。
高山着意披青黛，绿水无情源久长。

2013年6月12日

爷孙乐

朋友龚兄节日假期携孙子回到老家乡下，教孙子自己小时候拿手本事，垂钓小龙虾，天伦之乐，令人羡慕，随拟一首记之。

兄长偶归乡，携孙钓苇塘。
一盘下酒菜，两个乐天郎。

2013年6月12日

长安霞照

（一）

云飞日熏耀长安，炫目霞光照暮天。
醉卧曲江犹似梦，闲游骊苑近如前。

（二）

大美无声你不知，如仙似幻令人痴。
奔波一世难观尽，半日虚游解梦思。

2013年6月11日

追寻晨曦

雨后苍松翠，晨曦映柳帷。
人勤上路早，鸟乐闹朝晖。

2013年6月11日

贺邱芬儿子新婚

似火榴花别样娇，雏鹰展翅筑新巢。
蓝天比翼腾飞远，绿柳垂枝映鹊桥。

2013年6月10日

曲江夜景题照

朋友夜游曲江南湖，餐饮阅江楼，随兴题赠。

阅江楼上掠清风，风卷残云雅致兴。
若问清闲何处去？人间阅尽万般情。

2013年6月9日

逗花玩

教授难得今有闲，雨天散步逗花玩。
无名花绽红黄紫，谋利人争高快前。

2013年6月9日

环球奔波

环球不大际无涯，铁翼轻盈越海峡。
雨后尚需遮日伞，途歇莫忘夜归家。

2013年6月9日

唐苑松枝百态

山里久经风雨寒，移栽城内造田园。
千姿百态不足怪，弄手翘姿本是闲。

2013年6月2日

天山大峡谷题照

岁月流痕在，青春不再回。
儿童今日节，苦旅伴余晖。

2013年6月1日

赴宝鸡参会路上

骄阳雨后耀天空，结伴乘车西府行。
同业同心同聚会，时风时雨世间情。

2013年5月29日

雨中闲吟

骤雨洗晨风，车拥步履通。
虽湿两只脚，浴面满身轻。

2013年5月28日

镇安感怀

山中半日闲，抖落满身烦。
月夜风入梦，清晨雨笼山。

2013年5月24日

镇安印象

聚秀山庄屏秀园，镇安相聚话期刊。
留名不在平台大，主政俞公仅四年。

2013年5月23日

话说编辑

作嫁为人空寂寞，兢兢业业亦蹉跎。
坐观秋水闲云远，无奈残身鬓白多。

2013年5月22日

独上大香山

佛境高深跋涉来，悬崖之上筑佛台。
前门有路不回顾，后院无人独自徊。

2013年5月21日

莫名烦

早起无端莫名烦，
凭栏望，艳阳天。
提包换履去铜川。
弥补遗憾，
再上大香山。

2013年5月21日

和朋友山景

城里繁华烈日低，山中闻报正春熙。
山花烂漫心情好，野陌苍茫健步移。

2013年5月18日

赠肖宏

肖兄乐似仙，绿水碧云间。
信步湖边走，留名又赚钱。

2013年5月18日

莫孤单

闲翁早起盼儿安，莫要无人就落单。
儿女终非私有物，自家屎尿自家端。

2013年5月18日

镜中夕阳

落日放金梭，霞光绣锦帛。
镜深天地阔，路远是非多。

2013年5月13日

傍晚登乐游原

闲暇无意远，再上古原来。
褪去春花路，归还夏绿台。

2013年5月11日

傍晚快走

晚春花谢骄阳好，初夏绿荫湖水明。
尽享人间交替季，不悲世上落兴情。

2013年5月10日

自勉歌

最近不爽，肝火旺，脾胃虚，编个顺口溜自我暗示暗示。

生活有规律，干吗都给力。
劳逸不结合，多半会夭折。
平和少动气，全家皆受益。
脚快灵魂慢，心浮六神乱。

2013年5月6日

春归无声

万事难如意，期花按序来。
牡丹方谢去，榴树又花开。

2013年5月3日

夜宿大香山

霞落山峰远，风凉野径闲。
山间独爱住，揽月伴风眠。

2013年4月30日

赠侄女

谷雨春深花色娇，雏鹰展翅筑新巢。
风光无限长安好，慈爱不言父母高。

2013年4月20日

周末闲吟

雨润新枝花醉人，不知不觉已春深。
风清云厚暮来早，人去楼空周末临。

2013年4月19日

聚散自然

在毕业三十年相聚之际，也是一位研究生班同学辞世之时。

世事往来皆是缘，无须强取娱当前。
春来春去时相继，人往人来理自然。

2013年4月18日

贺喜同学

癸巳年三月谷雨日希溪婚宴。“希溪追吉，晓更纳福。”追取及、到之意，追吉意指嫁娶及时、婚姻美满。

晓月当空人冀希，更风送雨水成溪。
纳携旭日晨曦追，福邸生辉万事吉。

2013年4月18日

春游唐苑

（一）

城中春去绿荫台，山野槐花径自开。
戏水骄阳林静静，攀枝村妇树歪歪。

（二）

陌上枯蒿尚未腐，枝间嫩叶已回苏。
歧途跋涉迂回处，御苑闲花立柱扶。

2013年4月14日

老牛吟

犁铧起土力方息，野草充饥踏牧笛。
山谷云飞风带雨，林间雾散水成溪。
人生莫叹生连死，世事无求逆伴机。
绚丽春光岂待我，情缘未了自珍惜。

2013年3月25日

校园春晓

朝阳映壁花枝好，池水生风柳絮飘。
四季花开非轶事，平生最爱弄春潮。

2013年3月24日

贺宝文理学报百期

作嫁雍州渭水滨，扬名四海育新人。
百期历数人难解，卅载躬身自用心。

2013年3月21日

杜陵踏春

山中有路不循规，偏向荆棘探索回。
陌上林深花似雪，人生梦浅日生辉。

2013年3月17日

贵在坚守

守住门庭待日出，何需逐日弃茅庐。
偶得雾散天晴好，自有山花碧草铺。

2013年3月15日

悼念胡子兄

见有人在我博客留言说：胡子兄不幸于3月10日下午3点15分因病医治无效离世。胡子兄，大名熊楚才，交往多网上问候和诗文对吟。

楚天三月耗惊闻，夜幕春华梦断魂。
难忘相知离恨早，可怜不再对诗文。

2013年3月14日

自勉

高低都有烦，忙里要偷闲。
边走边玩好，粗茶淡饭安。

2013年3月14日

早起游杭州植物园

晨曦薄雾笼亭台，信步林间情愫开。
满树茶花齐斗艳，垂枝老柳闹春来。

2013年3月9日

浙大灵秀山庄常务理事会

闹市隐灵山，梵音环耳边。
匆匆相聚首，款款促膝谈。

2013年3月8日

相约樱花季

下午3点，应校友办之邀，在交大南洋酒店第二会议室参加“改革开放”第一届学生毕业三十年返校会活动的筹备会议。在会议期间，有感而发记录了几句长短句，与大家分享。

在通往未来的路上，
我们相会，
相会在改革开放的号角声中，
相会在全国著名的高等学府。

难忘那，
九月的阴雨，四月的春风，
图书馆的灯光，四季通明。

在改革开放的春天里，
我们告别，
告别了朝夕相处的同学，
告别了诲人不倦的师长。

在改革开放的大潮中，
我们拼搏，
引进吸收，有着我们的身影，

自主创新，留下我们的汗水。

离别三十年的今天，
我们再次相聚，
相聚在繁花似锦的春天，
相聚在梧桐参天的校园。

三十年，飞速变化。
三十年，日夜牵挂。
三十年，无怨无悔。

相约樱花季，
重游兴庆宫。

沉香亭下牡丹艳，
梧桐蔽日待重逢。
三十年，重相逢，
樱花道上并肩行。

2013年3月5日

读“酒趣禅缘”有感

开杯相敬意谦谦，酒过三巡人似仙。
醉里方知真性色，醒来常悔又失言。

2013年3月1日

喜得明月

2013年2月25日正月十五下午，应杨锁强教授之邀登门品茶参佛并赠我一幅墨宝“明月入怀”，回来时已明月当空，遂有感而发。

良辰吉日访杨宅，茶酒由心悟自开。
笑看夕阳随暮去，喜得明月入怀来。

2013年2月25日

初春待兴

霾雾猖狂常蔽路，霜风无力褪符红。
春霖带雪轻飘落，陌柳含苞静待兴。

2013年2月18日

人生如梦

人生如梦梦依稀，雾重风轻鸟语低。
无语晨曦催上路，喧嚣暮色误归期。

2013年2月18日

初到惠州游记

腊月平湖六月天，红男绿女乱穿衫。
云遮落日霞光满，水映花灯塔影残。

2013年2月5日

初到汕尾

水秀山清别惠州，车行高速慢悠悠。
交通汕尾一团乱，遍地摩的窜不休。

2013年2月6日

告别汕尾

汕尾游完就两天，一天遮浪逛碣湾。
凤山妈祖凭高远，海港无风船落帆。

2013年2月8日

粤东南游

龙蛇交替间，南粤再游年。
坐看东江水，闲观半岛澜。
云飞霞照晚，海阔鸟盘旋。
欲问渔家事，泊船进港湾。

2013年2月9日

游南澳岛四首

（一）

正月初一上岛玩，欣涛夜宿面前湾。[①]
腥风劲吻清心醉，海浪闲拍伴客眠。

（二）

宋水甘甜青澳远，南山庙小信徒迷。
窗前海阔清风起，天上霞飞落日低。

（三）

闲游宅后玉珑湾，一块礁岩一片天。
千里奔波寻景致，身边处处是花园。

（四）

宽衣解带浴阳光[②]，慢品清茶忘世忙。
尽享人间清静处，难得南澳海边房。

2013年2月13日

① 欣涛：酒店名；前湾：南澳县城西边的海湾。
② 准备结账转场，最后半日上天恩赐阳光浴。

题青花斗彩小口瓷瓶

斗彩青花两点红，枝间蝶舞鸟惊鸣。
宽胸笑纳是非远，小口匀收财运兴。

2013年1月29日

兴庆公园望月

四九冬深腊月寒，西山日落又一天。
清滢湖水嫌云淡，寂寞枯枝待月圆。
月有圆时天有蓝，一年四季色斑斓。
苍天有禁徒然问，世事无常空落烦。

2013年1月27日

加班路上闲吟

人去林间静，霞飞百鸟喧。
东亭信步缓，竹叶耐霜寒。

2013年1月25日

诉衷情·晨曦

晨曦薄雾似青霜，岂止好风光？
人间无奈浊重，贪欲起、事无常。

溪水畔、树荫旁、自彷徨。
早知如梦，甘愿孤独，最怕情伤。

附王俊民晨曦：

晨光若雾笼芳林，鸟语清风送好音。
仙境千寻今日见，湖边倩影等何人。

2013年1月2日

题晨曦照二首

（一）

林间沐浴中，清逸可闻听。
何处能寻觅，轻轻梦里行。

（二）

晨曦无忌破竹林，异彩流金天地新。
碧草茵茵朝露吮，清风阵阵鸟音亲。

2013年1月2日

题元旦日出

日上枯枝霞照楼，茫茫宇宙我何求。
新年始自寒风里，万事无终又起头。

2013年1月1日

贺新年

花盛南国北域霜，东疆日上照西凉。
一年更比一年好，不辍笔耕兴玉章。

2012年12月31日

元旦致辞

转眼一年将过完，时晴时雨有忙闲。
天寒人盼春来早，心热情深酒醉欢。
盛世龙腾辞旧岁，太平蛇舞贺新年。
年年岁岁相思苦，字字词词表意难。

2012年12月29日

听文件传达有感

上午10点，被紧急召集处级干部传达文件，新的规定，如沐春风，言语平淡，句句在理，贵在落实。

防微杜渐好，乐见春来早。
叶茂要根深，位高当自葆。

2012年12月21日

下班路上咏初雪

时值冬至雪初来，日暮天寒满地白。
人道明天逢末日，不妨寄语表情怀。

2012年12月20日

水调歌头

——题记校史与大学文化研究中心成立

修史忌慵懒，吾辈愧难言。江边遗落楼宇，黄土葬前贤。常忆当年风貌，荒野披荆建校，夜雨伴灯阑。学府屹西北，功绩满人间。

后来客，思静处，朗书园。可曾知晓，花木延自百多年？往事如烟飞逝，亲历后生已老，急切夜无眠。但愿起身早，勤奋著华篇。

2012年12月16日

办刊闲思

慧眼要识金，编修贵用心。
时时提档次，处处现扶新。
退录公平在，传播规律深。
安贫又乐道，服务动情真。

2012年12月4日

勿烦忧

今日勿烦忧，明天未到头。
知足不止足，小步上层楼。

2012年12月4日

表彰大会感言

同仁厚爱我心存，不慕虚名亦谢恩。
归隐南山非厌世，鱼游渭水有知音。
神禾雾雨随风去，刊界佳编伴日新。
岁末初寒收获满，清谈莫忘早谋春。

2012年12月4日

观《忠诚与背叛》随感

岁末话忠诚，春雷隐隐鸣。
天寒地未冻，半绿半黄中。

2012年11月28日

趵突泉咏菊

莫怨秋阳叹暖冬，金菊霜重亦残英。
小桥流水清泉在，水榭亭台翠鸟鸣。

2012年11月22日

竹园闲吟

竹径幽长院落深，斜阳沐浴待黄昏。
菊香淡淡群芳尽，行色匆匆孤客临。

2012年11月22日

翻越四里山记

早起偷闲再上山，楼阁高耸入云天。
乡音指路后街里，小道崎岖独自攀。

2012年11月21日

千佛山观日落

日暮西山望岱亭，霞光雾色沐泉城。
枝疏叶落苍松翠，夜静天寒烟缕青。

2012年11月20日

十八大学习体会

内创和谐喜近平，外求平等力克强。
德兴正道歧山远，日丽云高建小康。

2012年11月17日

武夷山讲习班记

窗映大王山，云飞碧水闲。
论谈无禁忌，面授启华篇。
默默思深远，匆匆过六天。
轻歌伴曼舞，杯酒续因缘。

2012年11月7日

同学生日餐聚有感

春华退去夏荫凉，秋爽徐来夜渐长。
四季因花心境好，今生有你梦常香。

2012年10月8日

追随心声

快乐，从不抱怨，开始。
新的一天，心的希冀。
幸福，从不贪恋，开始。
新的生活，心的欢娱。
花开无意，叶落成泥。
在那冰封的世界里，孕育生机。

2012年10月6日

贺新喜

秋爽天高瑞照楼，南洋结彩鹊鸣悠。
纱遮羞面新人俏，茶伴孝心福气收。

2012年10月5日

校园晨曦

国庆假期，校园人稀。
鸟啭风清，偶生几分秋思。
霁色朝阳，与雾齐霏。
秋叶斑斓，透过几缕晨曦。
池边漫步，林间小憩。
采撷一缕阳光，揣在怀里。

2012年10月3日

中秋翠华山赏月

月自天边上，山依倒影长。
潭深不见底，月落水中央。
太乙观星象，农家揽客忙。
醉眠天欲晓，早起沐霞光。

2012年9月30日

壬辰中秋祝朋友秋安

为逐梦想走天涯，哪里炊烟哪里家。
落叶秋风撩月夜，温馨挂念荡心峡。

2012年9月29日

闲来自省

功名利禄半虚空，精进求新径自钟。
笔耕东亭十数载，躬身别处写余生。

2012年9月25日

闲来自勉

山水多情物，悠然景在心。
追逐云散尽，静赏雨敲门。

2012年9月25日

放弃与坚持

只有累的时候，
才庆幸，
以前放弃的明智；
只有闲的时候，
才后悔，
没有培养个人兴趣。

2012年9月23日

重庆三日补记

水满两江黄，楼高倒影长。
闲谈道观静，坐饮夜风凉。

附朋友小强的应和之作，我感觉不错。

秋到渝州叶未黄，日落道观望两江。
与友登高天气爽，月下小酌传真章。

2012年9月18日

老友相聚南洋酒店

老友带新人，同乡相见亲。
相约来聚首，把酒话沧辛。
酒好人微醉，人随酒半斤。
依依灯火晚，恋恋退出门。

2012年9月4日

老来亲

雨后清风夜，窗前五彩灯。
茶香迎贵客，酒烈谢高朋。
不忘当年事，常怀少壮情。
回眸近半百，梦里唤浑名。

2012年9月3日

励后生

参加毕业典礼的路上，西风夹带着秋雨，让我思考起年轻的过去，以一首七绝记之，以励后生。

西风冷雨透衣衫，典礼庄严会稚颜。
无悔人生多少事，精勤理性肯登攀。

2012年9月1日

闲吟期刊出版改制

今天勿自忧，明日在人谋。
坐看风云起，行歌名利收。

2012年8月30日

上海新泾村散记

街头赤背勿言羞，秋日骄阳汗并流。
大厦轻拥泾岸绿，闲翁慢起水边钩。

2012年8月20日

闲谈高低

人往高端走，水朝低处蹿。
高居风景好，低卧碧波闲。
境界思高起，行为尽克谦。
虽说不显耀，日夜享安眠。

2012年8月15日

再游大峪甘花溪

绿映山阴日照岩，青苔翠嫩旧容颜。
鸟鸣深谷空幽静，水绕石滩嬉闹喧。

2012年8月2日

初秋贵阳游五首

（一）古镇小憩

半晴半雨下西山，古巷深深步履闲。
小院餐歇觅静处，川人结伴闹翻天。

（二）古镇闲读

青岩古巷小茶坊，雨后天晴日照廊。
一串烟灰擎不落，半通诗句伴茶凉。

（三）古镇概貌

古镇无华四面山，前街阴雨后街干。
东山翠碧青烟起，西路云飞径向天。
碧瓦青砖生雨雾，雕窗漆木映薄帘。
蝉鸣僻巷更幽静，揽客商家分外喧。

（四）花溪赏荷

碧绿轻浮点点红，风摇荷叶掩羞容。
云遮落日池边雨，水戏残花茎上蓬。

（五）花溪漫步

阴晴不定花含雨，碧水流金树御风。
毓秀青山留倩影，蜓飞鸟啭忘归程。

2012年7月27日

品酒寄新朋

明朝[1]酒语狂，伏雨夜来凉。
态度欣闻有，孤芳暗自伤。
林屋藤绕静，泉水泡茶香。
进取品卑亢，闲居享静忙。

2012年7月22日

步鲍海飞博友题徐悲鸿《九州无事乐耕耘》韵唱和

九州无事乐耕耘，勿待秋来悔误春。
烈日当头汗浸土，天高气爽谷满囤。

附鲍海飞诗作：

九州无事乐耕耘，自在春风拂皱纹。
意重情深黄土地，麦香稻浪小山村。

2012年7月8日

① 明朝，代指明朝轩酒店。

题随园

相遇是机缘，仁良自释然。
知足不止足，随性驭云端。

2012年7月8日

晨思

晨风雨后新，碧水戏残云。
窗外朝霞满，枝头鸟畅吟。
匆匆闲过半，静静苦求真。
不问前途远，轻装再抖神。

2012年7月3日

兴庆宫园闲吟

碧水戏残云，清风掠笑痕。
闲观老者舞，避让少年奔。

2012年7月3日

答诗友

费心平仄偶成诗，何必纠结费力思。
意境追求真善美，推敲品鉴乐滋滋。

2012年7月3日

温州江心屿

瓯江浊水[1]静，信步拜郭公。
孤屿挟云远，禅钟绕塔鸣。

2012年5月30日

机场飞机误点闲吟

奔波四海打飞的，晚点起飞别叹息。
人若心焦无耐性，只能自己乱着急。

2012年5月18日

---

① 瓯江水混浊不清，也许是临近入海，所以流速很慢，漂浮物也增多。

和胡子兄咏广玉兰

叶碧花香映日高，兰心莲韵动风摇。
枝间绿掩搔头鸟，天外云遮驭水蛟。

附胡子兄诗作：

窗外风轻叶影摇，清香几许伴春宵。
蛙声阵阵鸣钟鼓，疑是莲花立树梢。

2012年5月16日

安道赠锁强

雾锁南山隐匿间，恃强莫要硬登攀。
地安有意穷高远，天道无为闲续缘。

2012年5月8日

贺一林爱女笑寒新婚[1]

一笑人间吕物苏，林寒孕育栋梁株。
霜风雪雨沧桑尽，碧水莲心霞映庐。

2012年5月1日

快步游览浐灞世博园

雾掩长安塔，花开灞上香。
清风皱碧水，健步过回廊。

2012年4月30日

闲谈朋友相交

朋友相交贵体惜，病急莫要乱投医。
取长补短非交换，相互提携不可依。
君子自强当不息，岂能自弃把头低。
若知脾气不相投，何必牵强遭虐欺。

2012年4月26日

---

① 一林，朋友柏一林；笑寒，朋友之女柏笑寒；雪莲为朋友妻；女婿名吕栋。

格律诗入门口诀[①]

四句绝，八句律，五言七言要规整。
诗言志，亦抒情，律绝入门有捷径。
基本句，四式型，一阕之中变无穷。
颔尾联，上末仄，偶句末字用韵平。
一三五，可不论，二四六字要分明。
避三平，救拗句，格律最忌犯孤平。
转喻拟，虚实兴，思想典故贵真情。
理据足，意胜形，朴实粘对为上乘。

2012年4月26日

春深闲吟

林荫渐密春光去，池水风轻暑欲来。
桐树花开空炽盛，牡丹争艳不成材。

2012年4月25日

---

① 四个基本句式：仄仄平平仄，平平仄仄平。平平平仄仄，仄仄仄平平。颔联是指第三四句，尾联是指第七八句，上末仄是指上联的尾字为仄。另附平仄口诀：平收二异三反四同元，仄收二四反上联，五异三。

兴庆宫赏花

阳光明媚好观花，莫要慵闲窝在家。
华贵牡丹相映艳，婷婷草麝舞朝霞。

2012年4月18日

偷赏春

花娇春意盛，叶密树荫浓。
碌碌忙开会，庸庸散扮蜂。

2012年4月13日

题刊庆

欣闻《科技与出版》创刊三十周年，忆想刊物的期期策划，眼看编辑的代代成长，有感而发，以表祝贺。

勇立潮头展翅飞，敢当历史筑丰碑。
忽闻作嫁三十载，笑看出版载誉归。

2012年4月6日

壬辰清明

青青清明，日暖风轻。登高踏赏，遥望莫名。赏花沐日，身闲心屏。赋诗一首，聊以慰情。

摇曳花枝密，嫩芽初上稀。
青青原野阔，袅袅纸烟弥。

2012年4月4日

边走边玩

阔步前行三尺三，抬头望去路盘旋。
边玩边走风光好，亦幻亦真山水间。

2012年3月30日

春叹乐游原二首

（一）

柳似珠帘草似毡，楼高肩比乐游原。
当年羡慕夕阳好，今日徘徊仰看天。

（二）

雨后春熙风动微，梅花笑艳柳丝垂。
春寒昨夜刚刚去，岁缓今朝淡淡晖。

2012年3月29日

咏迎春花

向阳开早败来先，恨不随春同闹喧。
唤起百花争斗艳，甘留藤蔓护堤栏。

2012年3月15日

雨后春兴

（一）

嫩芽初上柳如云，雨润春枝洗旧尘。
寒意渐消时令到，潮人早起摆长裙。

（二）

雨后风凉日照楼，嫩芽静静上枝头。
春寒莫怨花开晚，人若心清处处悠。

2012年3月23日

红梅待春

窗外梅枝点点红，春风阵阵煦拂轻。
明朝绽放当约我，愿与花枝共耀荣。

2012年3月18日

无题

功名本是空，精进自钟情。
秉笔十七载，寻得静处行。

2012年3月12日

初春小记

二月初来略带凉，闲风细雨夜敲窗。
枝头花蕾可知否？街上少年急换装。

2012年3月10日

审稿组织策略答同人

组织审稿最头疼，邀请频频遭默声。
爱旧喜新求广远，面生更要选年轻。
平衡利益真情在，协作无私志趣同。
若是参得编审道，轻松博弈享双赢。

2012年3月10日

初春闲思

世上霸权争不休，身边处处创一流。
自从直立文明后，难道前途喜与忧。
我欲回归山野里，笑同狼虎斗知谋。
肉身存灭不由我，坐享林深景寂幽。

2012年3月2日

叹春

泪飞莫怪眼窝浅，情愫难收少妇闲。
若问春花何不绽，只缘雪雨尚缠绵。
逢春万物莫嫌晚，落叶肥花自愿残。
地转天旋非我力，餐前眠后去遛弯。

2012年2月26日

为夫人五十而作

佛参悟性道修灵，春树向阳痕自平。[①]
若是抬头向上看，气行顺畅步伐轻。

2012年2月15日

青苗当饭

早起阴霾不看天，何须有意讨心烦。
心中春迹在萌动，撷取青苗当饭餐。

2012年2月14日

---

① 第一句也许有人不解，也许有人不同意，这是我的理解，意思是：佛讲释然，道讲自然。

与朋友携夫人聚会

昨夜三瓶酒尽干，夫人个个好容颜。
闲谈天下纷纭事，含笑回眸送旧年。

2012年2月12日

大地回春

西风一夜破天帷，日照窗棂满目辉。
雪浸残红犹抱恨，风催新绿喜春归。

2012年2月2日

和胡子兄玩文字游戏

盛世龙腾日月新，日月新盛龙腾吟。
龙吟日月欣新世，日月龙吟盛世欣。

附胡子兄原作：

龙腾社稷正天晴，稷正天晴日色红。
红色日晴天正稷，晴天正稷社腾龙。[1]

2012年1月29日

---

① 本文所用十字为“龙腾社稷正天晴日色红”，我上文“盛世龙腾日月新吟欣”九个字。

朋友嫁女送贺诗

日照南山冬雪融，爆竹声中喜相迎。
壬辰正月财生日，祥瑞临门凤驭龙。

2012年1月27日

泉州洛阳古桥

不睹古桥心不甘，公交辗转到桥南。
纷纷细雨潮消退，阵阵腥风暮似烟。
石板沧桑经岁月，榕枝茂盛驭狂澜。
卢锡江上留青史，福赐乡邻不做官。

2012年1月26日

厦门游年

游年鹭岛近沙滩，海韵清风宿驿缘。
细雨温馨随夜到，残云乱卷伴人闲。
婆娑椰树人归晚，缥缈澎湖浪涌天。
鞭炮声声辞旧岁，朝霞静静枕涛眠。

2012年1月26日

天怨

腊梅静静应期开，三九冬深盼雪来。
叶落林稀终有绿，风轻天暗尽烟霾。

2012年1月15日

放眼山野

头生白发并非愁，岁月如斯静静流。
无意悲怜山下树，有心自享涧边悠。

2012年1月10日

暮色倒影

西风猎猎逛北城，地铁奔驰南北通。
空寂无人待发展，暮色殷殷倒影清。

2012年1月3日

岁末寄情

山阴积雪重，日落岁将辞。
千里难常见，屋角苦念思。
鬓蓬白似雪，岁月逝如斯。
闲静迎朝日，繁忙避暮时。

2011年12月30日

题子午峪冬柿子二首

（一）

山阴溪水冰封静，日照林间雪自融。
岭下云烟依势淡，枝头柿子映霜红。

（二）

冬日南山数九天，枝枯叶落果实繁。
任凭霜雪夜来重，色艳汁甜更耐寒。

2011年12月24日

冬游王顺山

日照青石路，枝枯落叶轻。
涓涓冰戏水，静静雪亲峰。
山野无人迹，林间任我行。
闲询留守者，花艳待春明。

2011年12月10日

飞机晚点客宿咸阳

手机约闹梦中惊，浓雾无情阻路程。
暂住咸阳亲渭水，霞飞日落到昆明。

2011年12月3日

挺起胸

人驭江湖树摆风，风云际会有阴晴。
天寒莫要行步缓，负重更应强挺胸。

2011年11月30日

题盆花

春华何必尽秋实，绿叶怡然乐衬枝。
花艳常思根下土，冠奇未忘是谁持。

2011年11月26日

夜进京

独自初冬又进京，此行无事满心轻。
审评有价凭签字，拜访随缘任点名。

2011年11月22日

步俊民兄韵和之

君论才思我慕君，闲聊会面友情真。
车驰也恨无双翼，只待天明把酒斟。

附王兄诗： 君有才思我望尘，Q聊网上慕丰神。
唯期后日得亲晤，把酒谈天夙愿伸。

2011年11月22日

忆秦娥·约会归来

清风好，初冬独自京城跑。京城跑，公私兼备，晚归醒早。

蒜泥皮冻家乡饺，人生事业诚心表。诚心表，暖通有意，不分尊老。

2011年11月22日

暖通人生

心身共暖御冬寒，万物相通道自然。
世事纷杂当警醒，人生得志莫贪欢。

2011年11月22日

初冬晨景

东墙日上照厅堂，雀立枝头啄饮霜。
又是一天好景色，匆匆漱洗整行装。

2011年11月18日

当自怜

消沉容易进阶难，难在天天不厌烦。
风卷残云霜并雪，心间有我自惜怜。

2011年11月15日

窗前秋趣

鹊上枝头旭日升，金黄秋色叶飘轻。
窗前秋趣亦兴乐，何必奔波山野中。

2011年11月13日

秋夜闲思

秋风秋色伴秋凉，冷雨淅淅暗夜长。
闪烁霓灯不语客，隐约薄雾暮南窗。

2011年11月6日

自得其乐赠晓黎兄

世事纷繁人不烦，功名利禄似云烟。
养心书画自得乐，万丈豪情方寸间。

2011年11月6日

茶汤斜阳

半生闲散半生忙，忙里偷闲有甚妨。
歌赋诗词凭兴起，茶汤一碗送斜阳。

2011年10月20日

答建乔兄

野径少人踪，秋阳伴散翁。
林深枝叶艳，霜重柿皮红。

附建乔原作：蒿里寻人径，斜阳落垄丘。
野山深几许？闲看十里秋。

2011年10月15日

忆秦娥·重阳月

重阳夜，苍穹邃远空悬月。
空悬月，半圆东起，冷光倾泻。

车流滚滚归心切，街林静静花灯烨。
花灯烨，仰天轻叹，叶黄花谢。

2011年10月5日

忆秦娥·重阳闲思

窗前站，秋阳缓缓轻拂面。
轻拂面，夜归何处？日出纷乱。

翻墙藤蔓空争探，枝头黄叶无心恋。
无心恋，瓜熟蒂落，顺应时变。

2011年10月5日

秋日闲思

风吹黄叶纷纷下，雾笼南山漫漫烟。
秋意森森天欲雨，情思淡淡世无澜。

2011年10月2日

洽川秋游赏月归来

洽川追月落空归，窗外蓝天云絮飞。
人若有缘不在远，门前静坐沐清辉。

2011年9月12日

雨中洽川

雨笼芦花雾锁山，悠闲白鹭在云端。
酒醒徒步西山上，十里黄河映洽川。

2011年9月11日

雨中夏阳潈

万亩荷塘烟雨中，低翔灰鹤伴人行。
扬鞭策马河边去，骤雨斜风乱打蓬。

2011年9月11日

雨后晨早校园即景

雨后校园，骄阳半升。淡淡湿气，坪草青青。青果缀枝，残红依稀。桂香飘来，忽然梦醒。

雨后朝阳草色新，西园漫步误吟春。
残红倒挂枝头重，丹桂香来方辨真。

2011年9月8日

西安山水新八景

骊山晚照狼烟起，太白积雪六月奇。
自古华山多险峻，如今浐灞绿荫堤。
翠华朱雀地形异，流饮曲江醉归迟。
栈道凌空通巴蜀，温泉汤峪列东西。

2011年8月28日

应邀贺朋友孙子周岁二首

朋友之孙名天澄，9月2日周岁生日：新人如日，纯真似碧，浩气贯宇，脚踏实地。周盈，菊之别名。

（一）

天地初开万物明，澄澄碧水映苍穹。
周盈傲骨迎霜立，岁月辉煌人睿聪。

（二）

天际日出行健运，澄澄水阔净凡尘。
周盈浩气充寰宇，岁月从容踏厚坤。

2011年8月23日

山城行

人穿小巷走，车在顶楼停。
一个目的地，两边都可行。

2011年8月15日

两江夜游

两江夜景誉山城，暑热人潮难符名。
毛豆乳瓜好下酒，船笛阵阵沐江风。

2011年8月16日

两江夜景

辛卯中元江上行，霓灯圆月挂冥空。
湍流滚滚长江水，倒影涟漪闲寄情。

2011年8月16日

重游三峡二首

（一）

夜幕无声船影孤，乘风顺水到丰都。
朝霞似血大江上，雾笼青山两岸惚。

（二）

暑热如蒸初莅城，阑珊灯火沐江风。
游轮天子顺流下，日照丰都满目青。

2011年8月16日

浪淘沙·长江游

滚滚夜长江，顺水出航。丰都补给半天忙。结伴龙河峡谷去，雪玉深藏。

再度起锚缰，续往前方。青山掩映小楼洋。水阔江平航道静，浅处浮脏。

2011年8月16日

三峡游后感四首

（一）江上日出

江水滔滔径向前，汽笛长啸日薄天。
惊飞白鹭朝阳里，唤醒云霞轻绕山。

（二）江上日落

落日没青山，霞飞淡淡烟。
天高江水静，地广鹭翱闲。

（三）凭舷临风

船舷小露台，夜幕伴风来。
点点宅灯亮，朦朦月影开。

（四）江上无题

江风拂幔纱，翠岭笑含窗。
阵阵涛声远，悠悠乐曲长。

（五）三峡无奇

一日三游尚未诗，瞿塘巫涧过农溪。
船高水涨山峰矮，原本神奇已不奇。

2011年8月18日

三峡游后宿宜昌龙泉山庄三首

（一）龙泉夜宿

夜静江平树曳风，远山灯火似星明。
敲窗旭日来惊梦，洒血斜阳闲寄情。

（二）龙泉观景

水映江桥雾锁山，空山寂静鸟声欢。
通幽曲径迷人处，翠掩亭台崖畔悬。

（三）宜昌印象

顺江而下艳阳中，雾锁宜昌大坝东。
静静平湖船影动，民宅翘角两三层。

2011年8月18日

和苞米根“心境”

星繁月照窗，梦断觉秋凉。
岁月匆匆去，无暇舔旧伤。

2011年8月12日

清河日出

初秋插空夜飞行，雨洗红墙万木青。
夜静风轻不觉晓，清河日上照窗棂。

2011年8月8日

香港行六首

（一）浪淘沙·初临香港

雨后似秋凉，结伴飞翔。奔波异域取经忙。
万里晴空云笑我，独自凭窗。

榻落丽豪房，餐饮斜阳。楼高路窄夜灯长。
静静沙田礼待客，暮色苍茫。

（二）忆江南·住沙田

城门水，静静映狮山。
大厦高楼拔地起，长街短巷绕山前。
林密欲遮天。

（三）中大校园

青山不老掩高楼，碧水涟漪曲径幽。
天地人和榕树下，未明园里午间休。

（四）太平山远眺

笋立高楼肩比山，霓灯闪烁照维湾。
霞光暮色凭栏望，凉爽清风伴笑闲。

（五）香港行

过境住沙田，祥云伴晚餐。

骄阳室内静，夜幕彩灯喧。
靓妹奔卓悦，闲人恋半山。
楼高车道窄，水碧映蓝天。

（六）学习体会

着眼全球化，诚心育干才。
情牵持份子，自信业专裁。
安保闲无事，人资巧计排。
时时讲制度，处处现关怀。

2011年8月1日

大峪甘花溪

林深水碧映青苔，光影斑斓心动拍。
小路崎岖如马道，山花草甸唤云开。

2011年7月24日

公园晨曦

时雨时晴伏暑里，晨曦薄雾孕生机。
湖光倒影楼台近，垂柳依依乳燕低。

2011年7月23日

校园晨曦

岁月沧桑转眼间，情牵光影更缠绵。
平生最爱梧桐树，肃穆无言径向天。

2011年7月18日

恭贺荣升

月霁当头鸿运来，山歌水笑乐开怀。
三伏饮冷精神爽，六月登高再跃台。

2011年7月17日

贺满月

幼苗茁壮喜童年，快乐纯真驻笑颜。
云作衣裳花作伴，蓝天展翅水扬帆。

2011年7月16日

版权会四首

（一）西宁印象

翠掩湟河云映山，黄花初放似江南。
临门待客骄阳雨，阵阵凉风微带寒。

（二）同行相聚

四海有缘相见欢，论刊论法论版权。
湖边落日余晖晚，山上丹霞黄水源。

（三）青海湖随想

人生漫漫路茫茫，看客常常笑我狂。
沧海宛如一碗水，世人何必比短长。

（四）告别

天下黄河青海清，滔滔湟水贯西宁。
丹霞景美难得见，遍地黄花绕湖行。

研讨版权缘自在，闲聊一路笑声盈。
笑约再见不经意，别后方知是旧情。

2011年7月2日—8日

谈信仰

欲溢苍穹情羁身，竭精不怠苦求真。
池边水雾难遮日，岭上霞光普照人。

2011年7月1日

雨后天晴二首

（一）

数日连阴雨，晨曦照绿枝。
错失心不忍，留下一行诗。

（二）

雨后朝阳格外新，花枝青翠绿如春。
清风若是来相伴，仙境岂能留住君。

2011年6月23日

再说烦

万念始于贪，漂浮自叹烦。
如能静似水，何处不清闲。

2011年6月20日

南京闲思

钟山风雨洗金陵，雾锁秦淮霓幻中。
岁月沧桑前辈老，青春荡漾后学精。
遥思变换六朝事，近看昌明百业兴。
玄武湖光弄倩影，阅江楼上沐清风。

2011年6月19日

话说烦

无欲无求貌似足，清闲寂静品孤独。
超尘若是不精进，难解烦心避世俗。

2011年6月8日

端午节

单五麦黄天，龙腾鼓闹喧。
邪毒阳气重，艾叶保平安。

2011年6月6日

人生感悟

（一）

事欲来时像座山，低头翻过不觉难。
天天若是山前转，累不死人心也烦。

（二）

学似疾风悟是帆，质疑撒网货满船。
风清日丽行千里，生计无忧一路玩。

2011年6月1日

风摆花裙

头插翘翘簪，身罩紫罗衫。
风摆花裙子，可惜鞋色偏。

2011年6月1日

沉痛悼念北大陈进元教授

无奈人生病上身，不惊噩耗亦伤心。
相识仿是眼前事，同志堪称姐弟亲。
学问不彰名望重，品端更显将门尊。
版权缘系同兴业，学报情牵独自真。

2011年5月30日

曲江寒窑

姻缘际会苦难全，相守寒窑佳话传。
金桂枝繁红线挂，楼台演绎劝贪钱。

2011年5月29日

故乡的事

故乡的雨，
故乡的云，
故乡常常萦在心。
仙阁凌空，
沧浪逐追，
梦想从此展翅飞。
故乡的水，
故乡的林，
故乡无处不牵魂。
半生漂泊，
终年不归，
浪迹海角难舍根。
故乡的事，
故乡的人，
故乡时刻梦中随。
乡音依旧，
老屋犹存，
苗木逢春万物新。

2011年5月29日

校园榴花

春来不争，近夏而至；枝短叶密，光润琼肌；含苞似果，落英结实；隐于葱绿，艳而不奇；花果相伴，孕育有期；品貌气质，君子无异。

晨风无意早相催，雨后天晴清沁扉。
林密如屏迎旭日，榴花似火映朝晖。

2011年5月26日

谈研究

工作是基础，科研上水平。
选题无贵贱，思考就聪颖。
表述逻辑强，分析层次明。
事前盘算好，事后享轻松。

2011年5月20日

登宣帝陵

宣帝陵掩新绿间，晴空万里近南山。
荆棘遍地崎岖路，回望城郭满目烟。

2011年5月14日

临潼骊山闲思

初夏偷闲偶上山，榴花似火绿如帘。
狼烟散尽青山里，爱恨常存天地间。
渭水苍茫极目看，皇陵寂静近身攀。
千年风雨匆匆过，百岁人生淡淡缘。

2011年5月8日

初夏闲思

初夏时节，早起微凉。窗前人往，各自匆忙。上班路上，闲思如常。

日暮随春去，晨曦伴夏喧。
楼高遮望眼，路窄撵偷闲。

2011年5月4日

阅读人生二首

（一）

少读水浒传，壮遣三国兵。
常做红楼梦，老修出世经。

（二）

少读水浒老修经，壮捧三国学遣兵。
常叹人间宝黛梦，偶将世事寄闲情。

2011年4月23日

曲江暮色

日暮清风荡扁舟，华灯绿柳映高楼。
涟涟碧水会心静，袅袅弦音相伴悠。

2011年4月17日

编辑人生

（一）引子

年轻时眼高手低：
人不张狂枉少年，怀才不遇挺心烦。
年长后固步自封：
四十不惑后知命，不思进取非淡定。

（二）面对社会

人在江湖难顺心，规则之下自由真。
春华落尽枝朝上，抱怨到头空耗神。

（三）面对生活

人道牢骚因爱生，岂知仁爱乃包容。
三更慈母换湿布，夜半良师改教程。

（四）面对前途

为人作嫁影身孤，奉献并非甘愿输。
谨记有为才有位，知足更要不停足。
世俗条件莫轻视，磕拜高揖岂是仆。
人脉和谐基础好，品牌积累誉天都。

（五）面对自我

免得事后论是非，事前夜静多问心。

条条大路通罗马，莫与愿意论寸斤。
人求我，我求人，求来求去哪是真？
你问我，我问心，问来问去日月新。
想大事，做小事，事到临头人选事。
去有意，留无心，名利当前需当心。

（六）面对人生

人性两面性，人生多棱镜。
适者生存靠竞争，返璞只在梦中萦。
朝前向后常难定，拿起无求皆不轻。
百岁人生亦有尽，人非草木岂无情。
若能悟到真纯处，想不舒心都不能。

（七）面对工作

事务繁杂天地昏，时光日复少更新。
为人作嫁已难嫁，空怨世俗不称心。
兴趣职责相应配，生活事业不能分。
编研相济穷其理，不怕他人与竞锋。

（八）面对作者

人生资本是年轻，未必良言侧耳听。
写作不单基础厚，科研岂是数年功。
交流本是自然事，莫要无心强奋争。
吹散浮云山水在，倾心理解求双赢。

（九）面对审者

科学真理是追求，未必人人皆顺从。

去伪存真凭本事，选择有据理存胸。
求人更要求平等，审稿当听质证声。
往往来来难见面，相交贵在送春风。

（十）面对读者

营销服务道行深，对象明晰主意真。
文化普及无异议，科学探索少区分。
传播到位职责在，理解轻松见面亲。
记挂新人门外汉，表达规范更贴心。

（十一）面对家庭

源缘难解古连今，情理纠结难细分。
相爱还需拿寸度，一厢情愿妄真心。
人间父母多情重，溺爱无心贻害深。
老后方知孤寂苦，难全忠孝憾终身。

（十二）结束语

满目皆为花瓣雨，清心最爱杏林风。
不求世事静如水，但愿人生洁似冰。

2011年4月12日

清明祭

因气温回升不明显，初春花开不多但柳丝娇嫩醉人，春意萌动更添几分思吟。屈指算来，母亲离世近四年，不觉心中涌起“子欲养而亲不待”的酸楚，遂以一首四言韵文祭奠。

青青清明，时雨时晴。
嫩芽初上，行人匆匆。
仰望苍空，云淡风轻。
父母恩重，欲孝已终。
夜读掌灯，布衣细缝。
粗茶淡饭，常变不重。
热炕花楹，暖意融融。
虽居陋室，御寒遮风。
岁月复更，思念日升。
阵阵凉意，悠悠魂灵。
科技昌盛，隔世难通。
青烟缭绕，相聚梦中。
柳绿春萌，溪喧鸟鸣。
身体亲授，善待人生。

2011年4月5日

雾游翠华山翳芳溪

雨后清明天放晴，闲游浓雾锁群峰。
天来飞瀑仰头看，闭目凝息梦里听。

2011年4月3日

诗意扬州四首

应朋友之邀重游扬州。早春的柳丝、运河，含苞的桃枝，以及运河边的老街古巷，无不让我动情，而最让我感动的是扬州人对扬州的热爱。情景交融、不能自已，遂以文字记之。

（一）东关古巷

古巷悠然人错肩，商家笑迎未曾闲。
惜壶茶舍清香溢，无意斜阳低照帘。

（二）早春古运河

柳雾朦胧起帐帷，含苞桃木待春晖。
霓光碧水桥浮上，日暮船行人不归。

（三）早春瘦西湖

碧湖掩映嫩黄中，桃树含苞喜沐风。
娇媚曲桥接落日，无言白塔屹苍空。

春寒犹在人潮涌，画舫待发嬉笑盈。
坐送余晖情未尽，相约再见意由衷。

（四）游观音山不遇

佛光山色踏斜阳，镜水蓝天满目黄。
缘去缘来随意进，性归性起任张扬。

2011年3月22日

早春曲江漫步

清风淡淡柳丝新，荡漾湖波鸭戏春。
池畔闲寻花未艳，亭前坐享送黄昏。

2011年3月12日

九字头同学聚会二首

（一）

锅炉点火涡轮转，控制还需能者干。
昔日同窗再聚首，含情西风何需劝。

（二）

龙腾虎跃数十年，龟兔何须一道玩。
难忘人生相敬醉，童真逝去不曾还。

2011年2月24日

祝福未来

骄阳枝上挂，春福喜临家。
岁岁有今日，天天绚似花。

2011年2月15日

谈浪漫

我这些年纪的人，
谈浪漫，
也许你会，
暗自窃喜。
浪漫似乎是：
老年人的奢侈
年轻人的专利
谈情说爱的调剂。
殊不知：
浪漫是一种情调，
浪漫是一种出乎意料，
浪漫是另一个角度的欣赏，
浪漫是人心灵的慰藉。
浪漫不分老幼，
浪漫更是一种生活的态度！
可以唤醒平凡中自己！

2011年2月14日

新春祝福

正月春明景色新，五家兄弟共迎春。
佳肴有意人先醉，嬉笑无心情自真。

2011年2月10日

人生苦短

人生百岁短，草木四时分。
做事休图报，为人要尽心。

2011年2月6日

珠海游年二首

（一）珠海告别朋友

珠海茶餐约旧朋，古都历历叹人生。
九州相送匆匆去，蛇口回眸淡淡情。

（二）贺新年送祝福

山河锦绣伴行远，南粤骄阳送虎年。
珠水早茶香未尽，濠江隔岸夜初眠。

2011年2月2日

南山即景

雪后南山里，云飞赫日低。
人稀原野静，麻雀闹枯枝。

2011年1月2日

话说缘

放下轻松自在难，凄风梦醒百花残。
若能无欲又精进，满目菩提尽是缘。

2011年1月1日

岁末晨曦

岁末雪后，天气晴好；旭日东升，南山缥缈；上班路上，念旧叹早；闲思偶得，诚心祈祷。

天高日破晓，云淡霞飞好。
往事随烟尽，新年踏路早。

2010年12月28日

岁末寄相思

风吹雪舞腊梅开，火树银花新岁来。
云路迢迢山岭峻，余晖漫漫恐登台。

2010年12月24日

携友上翠华山

山崩地陷乱石滩，太乙真人自在观。
山野茫茫岩壁破，霜枝冽冽果壳寒。
初冬携友登高望，事业人生谈笑间。
每每言及情动处，春风拂面酒杯干。

2010年12月12日

游大唐芙蓉园

皇苑伴晴游，斜阳晚照楼。
闲谈湖面静，漫步絮云流。

2010年12月11日

闲思偶得

贪淫邪念重，目浅祸根伏。
心乱文思短，学高底气足。

2010年12月8日

贺兄长赠侄女

骄阳瑞照鹊欢鸣，世纪金源[①]喜宴朋。
放眼沧海云路远，同心伉俪锦前程。

2010年11月28日

初冬无题

早起寒来，首感冰凉。日挂枝头，霜叶骄阳。岁月如梭，心底苍茫。匆匆篱下，偶闻菊香。随留五绝，亦喜亦怅。

天寒日挂高，霜重叶秸焦。
忙似心头雾，闲如菊色娆。

2010年11月23日

---

① 世纪金源，酒店名。

编辑闲谈

不因糊口去开荒，作嫁何须贪嫁妆？
坐看庭前车马过，闲居茅舍品菊香。

2010年11月20日

重庆游四首

（一）抗战博物馆

陪都黄氏山，云雾翠峰巅。
人去阶苔在，悠闲慢步间。

（二）南国草原

雾里盼蓝天，骄阳戏草原。
仙山还未见，朋友借伞谈。

（三）天生三桥

河谷天然洞，龙桥地陷生。
骄阳夺目照，泉水定神听。
仙女未曾见，游人散漫行。
山高秋叶艳，路险鸟无踪。

（四）傍晚过武隆

楼宇比山齐，炊烟伴鸟低。
车常坡起步，秋日已归西。

2010年11月8日

想象北漂

寒意随风细雨迎，初冬十月北漂中。
出版有路需合力，事业无心也尽情。

2010年10月20日

贺张忠智七十寿辰

日照南山万物翠，月生东海九霄辉。
灵活智用遂心愿，瑞信仁忠守戒规。

2010年10月16日

曲江散步

光影斑斓无意间，曲江漫步享清闲。
秋风送爽香飘溢，落日余晖水自涟。

2010年10月7日

中秋游朱雀公园四首

（一）

秋雨夜临门，难留乐水人。
青山拍不尽，坐送日西沉。

（二）

仰望挂天瀑，闲游独秀峰。
冰川归四纪，云雾绕苍松。

（三）

新韵套古谱，模仿柳宗元《江雪》，瀑拟指天公的胡子。

谷深夜来早，月霁中秋好。
溪喧山野空，瀑挂天公老。

（四）

天高云絮稀，林密鸟飞低。
冰纪留残迹，苍松紧抱石。
谷深月上迟，山陡水流急。
先敬月香酒，再食农舍鸡。

2010年9月22日

一夜跨两季

时值中秋，闷热难当，一夜秋风，天阴地凉，偶得佳句，未敢独享，借此送去，圆月微光。

丹桂香飘尽，梧桐叶未黄。
三更怨暑热，梦醒叹秋凉。

2010年9月20日

五十感怀

春去秋来云似烟，人生虚度五十年。
有缘相遇君恩重，韵淡言俗复谢难。

2010年9月20日

上海无题

云绕层楼日挂天，车行高架半腰间。
林深路窄寸金地，水静花孤人少闲。

2010年9月9日

秋日曲江闲吟二首

（一）

柳掩廊桥水映天，寒窑苦守爱无边。
日出日落日高照，秋水秋风秋意闲。
荷叶依依送夏露，湖波漾漾荡鹅船。
南邻胡亥不孤落，西去慈恩隐坐禅。

（二）

御宴宜春苑，流殇曲水边。
秦唐千古事，荣辱似樽前。
胡亥孤魂在，寒窑苦爱专。
曦微湖面静，晚照塔前喧。

2010年8月28日

沙湖游

千亩沙丘万亩湖，蓝天碧水碎云孤。
芦花摇曳清风爽，大漠骄阳壶水枯。
快艇飞驰层浪起，扁舟荡漾鸟追逐。
驼铃阵阵山间走，沙堡悠然塞上伏。

2010年8月20日

黄沙古渡

黄沙滚滚似波涛，咆哮战车逐浪高。
湿地无边芦苇里，皮筏独自水中漂。
滑沙溜索惊魂下，驼队悠闲何惧遥。
出塞昭君曾记否？斜阳古渡送渔樵。

2010年8月21日

初识水洞沟

红山堡下谷幽长，断壁残垣湖水凉。
塞上无名留水洞，史前遗址古村庄。

2010年8月23日

水洞沟闲记

峡谷幽深水自流，芦花摇曳到初秋。
藏兵崖下御敌寇，倒影蓝天湖面悠。

2010年8月23日

和熊楚才顺祝安康

熊腰虎背英姿健，楚汉相争垓下鏖。
才浅学疏难大业，高皇明圣建天朝。

附熊楚才诗作：

赵钱孙李聚群贤，大雅之堂续墨缘。
良友高朋常满座，牛郎织女近窗前。

2010年8月27日

端午闲吟

端午米飘香，假期皆乐商。
街边大小店，处处是繁忙。
酒洒千年泪，桨击为祭殇。
风和日丽里，未见有悲伤。

2010年6月16日

希望与失望二首

（一）

春末夏初三进京，求新何惧再伤情。
万难总有先行者，一事无成亦目瞑。

（二）

世态炎凉奋力争，满怀希望转头空。
皇城根下是非地，路过无防遭暗攻。

2010年6月2日

金丝大峡谷

咆哮山泉水，茫茫云雾霾。
溪边土路尽，崖畔栈台开。
峡谷通天界，瀑帘遮绿苔。
潭深树倒映，鸟啭客徘徊。

2010年5月30日

贺陕师大学报创刊五十周年

倾情奉献五十年，致力编研勇进攀。
誉贯神州堪榜样，精勤学海谱新篇。

2010年5月25日

昔日凌云坪

水静荷花艳，船行楼宇间。
曾经空港地，今日乐游园。
秦韵随风起，情歌掩世喧。
密林幽静处，两两相拥谈。

2010年5月23日

游南山上林苑

坐看上林苑，游玩绿水间。
林深青翠远，天阔断云闲。
南望有佳境，北观水带烟。
追思唐汉事，八水绕长安。

2010年5月22日

寅虎三月返乡记

寅虎返乡祭，春暖虔拜师。
相携觅旧迹，挥手暮归迟。
夜宿仙居地，饮尝年少时。
潮声招我去，崖影动情思。

2010年4月29日

春深遇雪

三月鱼婆[1]尽兴饮，酒阑人散意沉沉。
归来路遇乞怜客，夜半风清寒气侵。
雪压娇枝花带泪，残红满地是伤心。
园中昨日曾如锦，少女同行闲戏春。

2010年4月13日

① 鱼婆：海岛鱼婆酒店名。

雪压牡丹

百年不遇倒春寒，时令牡丹雪下埋。
姹紫嫣红争艳绽，婀娜绚丽展情怀。

2010年4月17日

校庆校园即景

樱花沐日乍春暖，杨柳垂丝池水寒。
结伴少年争斗艳，悠闲老者享晚年。

2010年4月8日

三十年感怀

——写在同学纪念册制作完成之前

岁月刻在脸上，
是沧桑？
是淡定！
情谊记在心里，
是回忆？

是接续！
生活融入群中，
是攀比？
是温馨！
同学相伴一生，
是真诚，是友谊，是感动！

2010年4月11日

庚寅年初春遇雨有感

雨打娇枝花带泪，风吹老树干无痕。
花开花落应时乐，人贱命长任世尘。

2010年3月29日

备课闲思

春闲花竞艳，树静鸟声欢。
三亚应邀去，拟题登讲坛。
浅思新理念，深信创新难。
无畏征途险，心高天地宽。

2010年3月29日

周日上黄峪峰二首

（一）

车经风峪口，盘旋在山中。
近想黄峪寺，远思翠微宫。
杏花白似雪，山色翠如青。
龙柏爆新绿，禾苗沐煦风。

（二）

告别黄峪寺，一路向西行。
遥看卧佛岭，近听山鹊鸣。
新芽初爆嫩，花草带温情。
一物六盘菜，两车八客乘。

2010年3月28日

路边赏景

日出春寒散，林深鸟唱欢。
青苔浮碧水，绿柳挂丝帘。

2010年3月26日

路上即景

一夜春风花竞开，两行垂柳掩高台。
枝头鸟啭唱心事，满目浮尘都是埃。

2010年3月23日

春明

下榻丈八沟陕西宾馆，一夜清闲，早上起来园中漫步，园静风清，柳绿花红，旭日东升，水映台亭，晨雾锁枝，鱼聚鸟鸣，即景记之，以享春明。

一湾池水丈八长，两岸春丝半泛黄。
日照湖心驱夜雾，鸟栖枝蔓啭朝阳。

2010年3月19日

欢送同事退休

春熙二月天，日暮柳生烟。
风动花枝暖，林深鸟语喧。
人生弹指过，同路是前缘。
孙辈绕膝坐，天伦乐忘年。

2010年3月10日

游年成都二首

（一）

虎年零点进成都，烟火缤纷灯影疏。
狮跃龙腾诸葛乐，海棠怒放杜公孤。
塔山灯亮照人海，锦里佳肴饱口福。
蜀韵悠然求惬意，古街宽窄有茶炉。

（二）

山水转三天，成都过大年。
夜居甲正路，日逛浣花园。
人聚武侯庙，灯开塔子山。
摩肩宽窄巷，闲适品茶间。

2010年2月17日

游年桂林四首

（一）初到桂林

腊月赤膊游桂林，文昌桥上日西归。
两江四湖灯光里，双塔孤山相映晖。

（二）桂林冷暖

披上棉衣出店门，可知昨日赤膊人？
青山绿水甲天下，冷热无常属桂林。

（三）游在桂林

寅虎迎春到桂林，斜阳晚照醉黄昏。
漓江倒影北风里，独秀登临景色新。

（四）吃在桂林

笼蒸魔芋丝，油炸两江虾。
清煮三鲜粉，秘调廿四鸭。
食得桂林人，又进阿甘[2]家。
信步西城路，船游斟桂花。

2010年2月17日

---

① 两江四湖：夜景游名称，“湖”处应仄而不能。
② 阿甘：饭店名，“阿”处应仄而不能。

进京谈合作归来有感

欲借云帆去远航，登高始见路茫茫。
天高海阔任鱼跃，地窄山荒闲种粮。

2009年12月2日

北京访友

晚T41火车上

冬日匆忙夜进京，闲谈二度过三更。
自斟国窖半斤酒，豪洒胸中匡世经。

2009年11月28日

悼李家林

结缘青委会，再叙已秋微。
常忆初相见，音容尚可追。
家林无奈去，秋雁戴霞归。
富贵三餐饭，死生一轮回。

2009年11月9日

贺《西北林学院学报》百期

百期庆典喜闻临，拙笔难书同道心。
学术繁荣文献世，山川秀美木成林。

2009年10月15日

苦乐自知二首

（一）

有车山野游，苦乐自心留。
拥有即拖累，弃之得自由。

（二）

世故又脱俗，知足不止足。
寻得温与饱，把弄墨和壶。

2009年10月12日

中秋游汤峪二首

（一）

汤峪七十里，群山披彩衣。
月明天自阔，树静鸟双栖。
闹市孤独客，偏来野外居。
茫茫林色暗，滚滚水声急。

（二）

假日驱车闲进山，农家夜宿峪溪边。
风清树静炊烟尽，云淡天高明月悬。

2009年10月3日

元宵祝福

骄阳春日暖，今夜月中圆。
烟火驱狐魅，举杯邀月仙。

2009年2月9日

答来自米兰的祝福

残雪吱吱阵阵寒，暖炉燃尽锦裘绵。
佳节祝愿借短信，晓静凭窗客米兰。

2009年1月30日

武夷山游记二首

（一）十六字令·大王峰下

山，雾气朦胧水绕间。
芦花静，鱼游鸟唱欢。

山，曲径清流人自闲。
友相伴，阳光碧水边。

（二）武夷山记事

芦花碧水映山高，顺水竹筏静静漂。
峻峭山崖随意想，通幽曲径任逍遥。
观音壁下夕阳暖，湍水急流云雾绕。
别后相约三月里，夜归不睡品茶聊。

2008年11月20日

秋思

捡一片秋叶，
抹一把秋云，
携带着秋风，
横吹着秋笛。
漫步在梧桐树下，
梳理着思绪。
冷冷秋意，
淡淡秋思。
奔波在天地之间，
起落来回，
去留随意。

2008年11月11日

同学聚会五首

（一）忆江南·期待相聚

将相聚，上海继西安。
母校当年生诞地，明珠塔下续前缘。
相见自颜欢。

（二）忆江南·同学初见

相拥后，一夜未寝安。
点点霜白染发际，音容笑貌似当年。
欲问又无言。

（三）聚会

分别廿五载，相聚两三天。
两个鲜闸蟹，半斤白酒仙。
平心谈往事，嬉笑问财源。
田野齐声唱，澎湖月照湾。

（四）心底的记忆

世界很真实，
只是我们过于禁锢自己；
人也很真实，
只是我们没有发现自己。
世界因为真实，

才会遍地荆棘；
人也因为真实，
所以常常难以自制。
生活的苦恼，
肉体的病疾，
是一种折磨，
也是一种经历。
经历以后，
就成为过去。
过去的就是我们的回忆。
相识时我不了解你，
其实我是不了解我自己。
见面时的感触，
并非都是甜蜜，
但触动的总是心底的记忆。

（五）离别与再会

不要相送，
挥一挥手，
你我都显得那么轻松。
来去匆匆，
生活如旧，
我让你多喝的那杯，
是酒也不是酒。
不用说再会，
因为我还没来得及回味。
诙谐的调侃，

默默的关爱，
如今只是更放得开。
我静静地走了，
没有留下一丝的犹豫。
在今后的旅途中，
让我们慢慢体会，
这柔软的情谊。

2008年10月27日

忆江南·长假闲游

逢国庆，一觉到天明。
闲适无忧山水近，白云有意作画屏。
草木亦关情。

2008年10月2日

登阅江楼贺新喜

婚宴曲江头，携秋喜上楼。
和谐人络络，欢乐曲悠悠。
远看杏林静，近观桃面羞。
南湖新雨后，比翼放轻舟。

2008年10月1日

中秋望月二首

（一）

风清山水急，朗月挂疏枝。
地广难相聚，天凉自衬衣。

（二）

秋风秋雨天渐凉，无奈霜枝已瘦黄。
明月当空今夜好，金菊篱下暗飘香。
嫦娥邀我同斟酒，父母盼儿归故乡。
愁绪并非因月起，皆为凡事扰人忙。

2008年9月13日

忆江南·中秋闲思

中秋近，冷月照孤窗。
为讨生活终日苦，知君几度未还乡。
千里祝安康。

2008年9月12日

赠编友

冬日慎伐树，春来早种粮。
人生无可奈，世态有炎凉。
骤雨除尘垢，清风解暮伤。
舍得名与利，篱下品菊香。

2008年9月3日

萤火孤灯

上看似井，下看如坑。
前后拥堵，左右不通。
麻雀立在枝头，欲飞，却又不能。
现代化的速度，
实现着梦想中的繁荣。
夜深人静，萤火孤灯。
虚拟的世界中，
放纵于动漫和网游。

2008年8月22日

重游翠华山五首

（一）

雨过雾中行，林间空气清。
穿行石海阵，攀越翠花峰。

（二）

雨后翠花结伴行，谷深幽静水清灵。
石堆翻卷云腾浪，山雀欢歌人寄情。

（三）

白云缭绕翠花峰，坐视真人太乙宫。
堰塞天池深谷里，山崩风洞碎石中。

（四）

太乙真人坐翠峰，遥观池水怪石中。
雨停云淡天光亮，鸟唱风轻山谷空。

（五）

年少曾游已卅年，野炊狂舞在池边。
山峦叠嶂鸟飞尽，石海翻腾云绕山。
细雨朦胧天色晚，朝阳四射谷溪喧。
唐城论道开坛日，相聚因缘思办刊。

2008年8月17日

奥运记事

奥运会，北京办，老外纷纷来观看。
水立方，鸟巢伴，祥云小屋转一转。
开幕式，真精彩，中华文明一卷展。
佩宜唱，妙可演，国际舞台丢人脸。
重参与，为梦圆，老翁携婿驾帆船。
你更高，我更快，老菲连把记录变。
奥克萨娜，三十三，为儿治病来挣钱。
体操场，得银牌，李宁感动捐欧元。
刘飞人，翘首盼，可惜跟前退了赛。
有人哭，有人叹，古巴小子夺了冠。
牙买加，步伐健，女子接力留遗憾。
梦八队，善表现，实力相差不一般。
乒乓强，足球烂，篮球如此无人怨。
体操美，跳水炫，中国力量人人赞。
跆拳巧，柔道缠，拳击借将功夫传。
田赛弱，径赛慢，鸟巢难见国旗面。
曲棍球，洋教练，和平之战女排败。
派出去，请进来，中外交流展风范。
伊拉克，阿富汗，格鲁吉亚又开战。
普京牛，布什蛮，赖斯波兰导弹拦。
赛场忙，股场闲，全球经济都疲软。
奥运会，快赛完，旅游景点等挣钱。

2008年8月24日

大连培训班有感三首

（一）初到海滨

汽笛阵阵破苍穹，点点渔灯彻夜明。
海浪翻腾惊旧梦，沙滩漫步踏晨风。
为人作嫁不知苦，敬业争先再立功。
九龙湾边抒远见，童牛岭上望前程。

（二）海边小饮

夜半浪声急，风凉露浸肌。
一人一碗酒，半醉半清时。

（三）离别大连

出门圣火到西京，旅大别时又再逢。
烈酒欢歌娱不断，求真悟道业勤精。
水烹鲜贝迎宾客，浪打黑礁听鸟鸣。
海景有心留客住，奈何各自踏归程。

2008年7月13日—19日

新曲江池

城外东南雁塔东，南山引水建宫城。
奇花异树呈新貌，水榭层楼仿旧容。
游者携亲急看景，园丁带汗忙赶工。
曲江流饮前朝事，美景移来少韵风。

2008年6月28日

五月闲思

地动山摇在汶川，余惊不断扰人烦。
斑斓春色姗姗去，如火榴花静静添。

2008年5月30日

同学聚会有感

晚春夜雨带微寒，琼液五粮情谊绵。
娇艳花枝经苦雨，沧桑岁月化铮言。
官场好汉巧乘势，商界巾帼柔借帆。
盛世汉唐已远去，皇城再造渭河边。

2008年5月8日

东亭[①]闲赋

日升竹影移，闲赏养竹词。
鸟戏花摇雪，风和柳翠丝。

2008年3月27日

---

① 东亭，古时位于长安城长乐坊的“相国府”内。相国府也就是唐德宗之宰相关播的住宅。唐贞元十六年（公元800年）白居易中进士后，来到繁华似锦的长安城时就在长乐坊租下了关相国府的东亭作为落脚之地。之后，白居易的一首《养竹记》使东亭名留史册。1996年，学校一百周年校庆时在原址修建了一座亭子和花园，植竹栽花并将《养竹记》刻碑于亭东侧。

邀我与你同贺

岁月如梭匆匆过，
情到深处两默默。
借年感恩泽，
瑞雪随风飘落。
昨日劳作，
明日收获。
待到华灯初上时，
邀我与你同贺。

2008年2月6日

二十年题记

——为学报研究会创建二十周年而作

风雨二十年，
规范化开篇，
含辛茹苦《十八讲》，
口手相授代代传。
新老交替，
老而不闲，
浩浩长江东逝水，

冉冉旭日照征帆。
提升理念，
网络当先，
精品名刊不待我，
环球漫步笑开颜。

2007年11月24日

浪淘沙·二十年题记

翘首望南山，云淡如烟。
相约海口庆华年。
规范开篇《十八讲》，口手相传。

浩浩大江边，变换人间。
冉冉旭日照征帆。
精品名刊今待我，理念当先。

2007年11月24日

重游张家界

地陷山成，垒石为峰，
朦胧山色，宛如盆景烟雨中。
携手同登临，徒步无悔醉花屏。
而今秋高且风清，
丽日高悬层次分明。
翠峰秀色依旧在，
落叶黄花映苍松。
上下缆索，进出车乘，
已无旧时心情。

2007年11月4日

采桑子·岳麓书院

千年岳麓书香溢，秋叶随风，
兰涧云轻，古木无言径向空。

亭前爱晚清风过，来也匆匆，
去也匆匆，无限情思暮色中。

2007年11月3日

中秋情思

风摧树叶黄，夜半雾凝霜。
又是枝悬月，方知在异乡。
天凉衣袖浅，情重信言长。
同是他乡客，举杯遥祝康。

2007年9月26日

中秋闲思

晴空明月照如常，执笔闲书心里慌。
遥望西山情寄远，金菊篱下暗飘香。

2007年9月26日

牵挂与思念

在的时候是牵挂，
去了以后是思念。
牵挂是一种责任：
能做些什么？
该做些什么？
可能需要些什么？

一旦变成了思念，
负担没了，
心里空了。

夜里，
静听时间的流逝，
任凭思绪在空中飘逸，
缠绵中期待着相聚。

牵挂是实的，
思念是虚的，
虚空中充满着记忆。

2007年9月10日

闲赋鹤云轩三首

暑末秋初，应朋友之邀去其南山小屋做客，车过高速，路绕山脚，过河穿林之后来到山间。朋友迎客、秋果飘香，茶、酒随饮之后，闲话家常，偶发闲情以图文记之（五律符《诗韵新编》，七绝符《水平韵》）。

（一）

野鹤鸣悠谷，闲云天际间。
南山头枕绿，沣水脚沾滩。
夜赏东窗月，晓观北国天。
宾朋相约聚，酌酒咏婵娟。

（二）

鹤鸣山谷幽，云淡静无风。
平野朝阳早，奇峰落日红。

（三）

南含青黛北观天，夜赏星辰日种田。
楼榭待宾茶伴酒，丹崖风急水生烟。

2007年8月23日

同辈缘

——记反应堆工程八三级同学毕业二十年聚会

师生同辈缘，一去数十年。
荫下梧桐送，梦中丹桂牵。
天涯千万里，相见两三天。
人去楼阁在，情思触景绵。

2007年8月19日

夜宿南山

山峦叠嶂碧连天，旭日东来树带烟。
斜照残阳送暑去，清凉静夜伴君眠。
沣河水浅涛声远，阴岭林深鸟唱欢。
冷眼旁观天下事，小楼斟酒话清闲。

2007年7月24日

菩萨蛮·学生毕业二十年

——记热力涡轮机专业31、32班返校聚会

苍松翠柏梧桐树，情牵最是离别处。
夜色映孤窗，无时不感伤。

相逢谈胖瘦，举止神依旧。
日暮聚时短，酒浓情意绵。

2007年7月21日

忆秦娥·学生毕业二十年

——记参加热能八三级同学毕业二十年聚会

离别处，率真稚朴犹存目。
犹存目，古都七月，落花无数。

重逢再走当年路，苍松伟岸影依旧。
影依旧，同龄师辈，有缘相助。

2007年7月7日

游终南山耿峪口二首

（一）

久居车马喧，结伴向南山。
夜宿农家乐，午餐山水间。
阴晴变似脸，雨雾淡如烟。
同在夏天里，入山需罩衫。

（二）

农舍趁闲居，嬉玩雨后溪。
山间蒿草绿，幽径路人稀。
独进秦腔吼，静听山鸟啼。
农家买野草，涉水觅珍奇。

2007年7月14日

经开同学相聚

越洋归故里，相见叹头稀。
相忆当年事，重回陋舍居。
吠娱[1]人不解，怯问少时妻。
党日[2]经开[3]聚，情浓酒不欺。

2007年7月1日

灵山大佛观感

佛法本无边，空灵盈世间。
菩提心里驻，何故占青山。
湖水约三万，灵山气贯天。
青龙白虎在，灌浴静心田。

2007年5月27日

---

① 吠娱，学狗叫玩。
② 党日，即七一。
③ 经开，经开会馆，经济技术开发区的一个酒店。

千岛湖梅峰观景

梅峰林密汗淋行，难耐闷湿欲弃程。
观景台前放眼望，白云山水胜银屏。
连绵岛屿湖光静，娇媚柔矜身段轻。
夏日穿行云影动，交融明暗最倾情。

2007年5月25日

千岛湖五龙岛戏水

五龙嬉戏笑相迎，船靠码头结伴登。
湖畔林荫凉爽起，水中鱼乐稚情生。
抚肌细浪风清腑，落日余晖霞照峰。
桥下状元今不在，游山玩水缔新朋。

2007年5月25日

千岛湖龙山遇雨

半亩方塘半尺深，龙山伟岸是山门。
急来暴雨骤然去，晚到轻风缓慢临。

2007年5月25日

长相思·忆母亲

天悠悠，水悠悠，云絮悠闲树点头。
斜阳淡淡愁。

思不休，念不休，慈爱音容心底留。
屋空画镜幽。

2007年5月13日

观桃花有感

杨柳婆娑春意绵，桃花绿映笑人闲。
扶枝仰面思花运，多少英雄折祸颜。
势利纷繁时叹苦，机谋险恶常为难。
残红如血空卑怯，幸未弃文学种园。

2007年4月8日

春日黄沙

天黄，地黄，树叶黄，黄沙遏春光。
高楼大厦起，淫欲奢情狂。
悠悠岁月去，迷茫人生长。

2007年3月31日

瘦西湖印象

桃花依水笑，柳絮伴风飘。
烟雨桥边景，徐园花色娇。
野花香四溢，百步水浮桥。
北上西湖瘦，花枝夹岸交。

2007年3月20日

心语情境

树叶，
在霜的压迫下，
卷曲飘零，
在风的驱动下，
向角落里躲藏。
草根，
在雪的覆盖下，
安然歇息，
在光的照耀下，
鼓噪翻腾。
匆匆一年过，
转眼又是春。

2007年2月24日

除夕之夜

腊梅傲雪暗飘香，鞭炮声中送落阳。
万里山河皆锦绣，人生何处不故乡。

2007年2月19日

都市生活

窗户，
开在楼的腋窝里。
左边是邻居的阳台，
前边又是一栋楼，
右前方被商业房挡住了视线，
右边透过商业房的一角。
望见马路上的树梢，
树梢映在马路对面的楼上。
马路上一盏灰暗的路灯，
照进来，
让人感觉着外面的世界。
仰望天空，
残月挂在井口大的空中，
让我想象着天上的生活。

2007年2月18日

放排泸溪江

水清秋意凉，山矮影身长。
云动时晴雨，风轻偶现光。
村姑炉火旺，青叶米飘香。
崖洞升棺葬，泸溪排放江。

2006年12月13日

岁月流金

霜，
随着夜幕来临，
夜幕凝重，
寒气袭人。
风，
撞击着黎明，
树叶渐黄，
独自飘零。
高楼，
无奈地守候着，
青黄交替，
岁月流金。

2006年11月5日

秋日闲读

雨后渐秋深，飞禽复入林。
残阳枝上挂，夜幕带寒侵。
林密园思静，水低鱼动尘。
闲来读古训，学做圣贤人。

2005年10月20日

思贤斋随感二首

我办公地址搬到装修后的50年代的学生宿舍，楼与西迁有关，门前的东亭又与白居易有缘，因此我将陋室命名为“思贤斋”。

（一）

唐城宫尚在，相府剩残垣。
松掩百花艳，业承先辈贤。

（二）

盛唐远去只留名，富贵花开笑映亭。
长乐坊中多雅士，东亭竹细刻碑铭。
松涛掩闹遮风雨，学府经年育少英。
精品名刊千载事，思贤亭里静无声。

2006年9月21日

乡思

少时习文强作愁。
偶有痛楚，不识滋味，无暇体会。
而今岁月额上留。
夜夜梦里，阵阵乡思挂心头。
哪堪中秋！

2005年9月18日

感受寂寞

人在旅途如修行。
寂寞是起点，
终点是成熟。
时间在喧哗中流逝，
留下疲惫与空虚。
时间在寂寞中徘徊，
让灵魂放飞。
衰老的是容颜，
升华的是心灵。
耐得住寂寞，
握住了人生。

喧哗过后，

浮云依旧。

寂寞中醒来，

将是万里晴空。

2004年10月22日

早春晨景

鸟栖枝蔓唱春归，青翠满园沐日晖。

孤寂亭台静静矗，桥边池水皱风吹。

2004年3月20日

悼一伟二首

2003年10月25日同学毕业二十年聚会，提到一伟无不感慨，敬佩母爱的伟大，聚会结束时同学捐赠一万两千余元，由我代为转寄给一伟的母亲。谁知不久，2004年1月12日早上5时获知一伟因感冒并发肺炎去世。一伟，女，东北人，大学时的同学。1985年在去加班的路上从自行车上摔下，一直处于植物人状态，长期在家病休，由父母照顾。2002年11月我顺路看望时，其父亲去世后七十多岁的母亲一人在陪护。

（一）

水光残月伴阴霾，枯树凝霜皆是哀。

一伟乘风辞世去，腊梅傲雪竞相开。

登高遥寄天方亮，从此相思心底埋。
他日有缘天上见，同窗同乐再从来。

（二）

同窗同乐四年短，相念相思情谊绵。
风雨人生四十载，昏沉梦里十八年。

2004年1月12日

静夜无眠

静静地
静静地听着自己那
轻细的呼吸
空荡荡的屋子里
我偎依在沙发的一角
寂静空洞的夜空
飘来的是
过去的飞絮和
隐约的心情

2003年9月1日

癸未年初秋记事[①]

古都秋雨乱纷纷，树壮叶稀学府深。
八点铃声重响起，旧人离任换新人。

2003年8月29日

佳县白云观

脚踩黄河头顶天，白云缭绕白云山。
大小庙宇五十四，白云观内有神仙。
五行元辰和三官，三清天尊坐道观。
日出扶桑传佳话，超然亭下说超然。[②]

2003年8月17日

① 新学年伊始，8月29日上午，教育部部长周济，中组部副部长沈跃跃，陕西省委副书记董雷，陕西省委常委、教育工委书记郭永平，陕西省委常委、组织部长杨士秋等中组部、教育部及陕西省委、省政府有关部门负责人专程到西安交大宣布中共中央和国务院对西安交大新一任党委书记和校长的人选的任命决定，王建华任学校党委书记，郑南宁任校长。

② 初作未改，平仄莫求。

游红碱淖[1]

蓝天碧水暮云低，湖岸荒芜游客稀。
千里追寻红碱淖，好山好水蕴商机。

2003年8月16日

初识镜泊湖[2]

翠绿丛中一点红，湖光山色映苍穹。
湖边抱月逍遥客，夜宿无眠听浪声。

2003年8月10日

---

① 榆林北边神木县城外，在大漠中有一个六十七平方公里（十万亩）的淡水湖，人称海子。上游的碱水流到这里湖水变红，另外日落时晚霞中湖面一片红，因而得名红碱淖。

② 游镜泊湖，住抱月湾水上楼，楼下是水，窗前隔湖是山，山中一栋别墅白墙红瓦，掩在绿树中跳而不乱。

雨夜漫步[①]

寂静无人夜已深，天空雨后更清新。
林间漫步精神爽，小曲轻松胜籁音。

2003年7月15日

林间漫步[②]

早起林间听鸟啼，日出方见夏当期。
青新绿果点枝翠，风雨神州岁月急。

2003年7月10日

红石峡[③]

落日余晖照断崖，柳拂碧水戏白沙。
征途雅士抒怀处，塞上江南飞彩霞。

2003年8月17日

---

① “非典”封校，难得外出，14日开禁，今日与同事来临潼工人疗养院小住散心。

② 早起林间漫步，叹神州多事，“非典”刚过，淮河泛水，巴以和平无期，车祸爆炸不断，纷乱中一年已经过半。

③ 在榆林城外榆溪河上有一处遗迹，在河的东岸有一红石崖，崖下溪水清澈，绿柳成荫，岸边白沙平坦，当年文人雅士和将士出征前或得胜归来常在此饮酒抒怀，因而留有大量的石刻，堪称书法宝库。

题记：因2002年11月17日积极性被打击，一时失去方向。2003年1月20日到27日携友游海南，从此开始以诗词记事的习惯，尽管尚不合辙押韵，但值得留念。

初临海口

羊头马尾海南行，扑面春风人动情。
更喜涛声非梦里，忧思散尽任驰骋。

东山岭拜佛

佛居东山岭，南海第一山。
走过青云路，又见一线天。
远看飞来石，近观正笏岩。
芸芸众生相，千里拜神仙。

游兴隆农场

椰树蔽天凉，青苗遍地黄。
奇花夺目艳，异果叶间藏。

农场夜宿

椰树临风绿蔽天，侨农辛苦造田园。
奇花异果无穷尽，夜色温泉惧不前。

后记

记得那是2003年的年初，我第一次海南之行时，开始萌发了以诗词来记录心情的冲动，并逐步养成了以诗记事的习惯。本来是一位理性思维的理工生，走入诗词的世界纯粹是一种自娱自乐、自我消遣，没想到能够坚持这么长的时间，也没想到能结集出版。在以诗词记事的过程中，自己也慢慢地找到了一种诉说心声的途径和排遣烦恼的方法，因此也就努力做到使作品规整一点。多数人应该都与我有同感：格律诗的要求太高、合辙押韵太难、局限性太大。当我以理工科的思维编了一个口诀“平收二异三反四同元，五异三，仄收二四反上联”，破解了格律诗的平仄规律以后，更加感受到了诗词的美妙和自由。我的写作多为随性而为，多有瑕疵，特别是在词汇量上具有明显的缺憾，但标注了创作日期以后，每每翻阅起来自己都能够记忆起当时的人和事、景和物，所以也就积攒了起来，保存了下来。

一日，林家乐先生得知我积攒了这么多诗词，十分惊讶，极力要求我结集出版，并帮忙联系了出版社。在家乐兄的撮合下，这本极具个人色彩的诗集得以出版。说实在的，此时我心中十分惶恐，惶恐的是自己的肤浅即将暴露无遗，语言的贫乏是一方面，引经据典更是我的短板。正如炜评兄在其所作的序中所言：减损不少。

无论如何，作品即将问世，在此十分感谢家乐和炜评二位仁兄的抬爱，更要感激东北大学高起元老师的鼓励和支持。看在我一个业余“选手”的份上，也请各位看客多多包涵。

赵大良

2016年11月15日

图书在版编目（CIP）数据

丹崖清韵 / 赵大良 著. -- 北京 : 作家出版社，2017.5
ISBN 978-7-5063-9382-9

Ⅰ. ①丹… Ⅱ. ①赵… Ⅲ. ①诗集 - 中国 - 当代
Ⅳ. ①I227

中国版本图书馆CIP数据核字（2017）第042098号

丹崖清韵

作　　者： 赵大良
责任编辑： 王　烨
装帧设计： 张宏悦
出版发行： 作家出版社
社　　址： 北京农展馆南里10号　　**邮　　编：** 100125
电话传真： 86-10-65930756（出版发行部）
86-10-65004079（总编室）
86-10-65015116（邮购部）
E-mail:zuojia@zuojia.net.cn
http://www.haozuojia.com（作家在线）
印　　刷： 三河市北燕印装有限公司
成品尺寸： 152×230
字　　数： 300千
印　　张： 26.25
版　　次： 2017年5月第1版
印　　次： 2017年5月第1次印刷
ISBN 978-7-5063-9382-9
定　　价： 35.00元